Die sagenhafte Reise der Weihnachtsbäume

Christine Jorias

KAPITEL 1: ÜBLE AUSSICHTEN

Christopher stand vor dem Weihnachtsbaum, den sein Vater gerade auf die Straße getragen hatte, und befühlte bedauernd seine weichen grünen Nadeln. „Er ist doch noch so schön! Was passiert jetzt mit ihm?" Sein Vater legte den Arm um den Jungen. Er fuhr ihm tröstend über die stacheligen braunen Haare, für die Christopher seit ein paar Wochen jeden Morgen eine ziemliche Menge Haargel und Haarspray verwendete. „Morgen kommt die Jugend-Feuerwehr und holt ihn ab. Sie laden alle Weihnachtsbäume auf einen großen Lastwagen und fahren zum Wertstoffhof. Dort werden die Bäume geschreddert und kompostiert." Christopher schluckte hörbar. Geschreddert? Er kannte den Aktenvernichter im Büro seines Vaters. Was da „in den Schredder" kam, war nachher nicht wiederzuerkennen. Außerdem kannte er den Komposthaufen im Garten – nicht gerade sein Lieblingsort. Allein schon der Geruch…. Der Junge wollte sich nicht vorstellen, wie sein schöner Weihnachtsbaum, der so freundlich im Wohnzimmer geleuchtet hatte, als Haufen Kleinholz auf einem stinkenden braunen Berg von Pflanzenabfällen landen würde. Niemals!

Christophers Vater war erstaunt. Er merkte, wie traurig der Junge war. Aber Christopher war doch schon neun Jahre alt! Andere Jungen halfen da längst beim Abtransport der Bäume mit und hatten jede Menge Spaß dabei. Er seufzte. Christopher war eben anders. Christopher liebte Weihnachtsbäume über alles. Für ihn waren sie wie Freunde, schon seit er ganz klein war. „Tata", also Tannenbaum, war das zweite Wort gewesen, das Christopher sprechen konnte, und natürlich kannte er alle Strophen von „Oh Tannenbaum" auswendig – wie übrigens auch alle anderen Weihnachtslieder. Deshalb hatte Christophers Vater den Weihnachtsbaum bisher auch immer selbst zum Wertstoffhof gefahren, ganz heimlich, wenn Christopher gerade bei Freunden oder bei seinem

Opa war. So bekam der Junge das Abschmücken und Hinaustragen gar nicht mit. Wenn er dann zurückkam, taten alle so, als sei gar nichts gewesen. Das Wohnzimmer sah wieder aus wie immer, und Christopher fragte auch nie, was eigentlich aus seinem Baum geworden war. Bis heute. Zum ersten Mal stand der Baum sichtbar am Hoftor, bereit zur Abholung. Und zum ersten Mal musste Christopher den Tatsachen ins Auge sehen, was wirklich mit den Weihnachtsbäumen geschieht, wenn Weihnachten vorbei ist. Das gefiel dem Jungen ganz und gar nicht.

„Manche Bäume kommen auch in den Zoo und werden als Ganzes an die Elefanten verfüttert", versuchte der Vater hastig abzulenken. „Und die Affen kriegen Weihnachtsbäume zum Klettern in ihr Gehege." „Wirklich?" fragte Christopher hoffnungsvoll. Das klang schon besser. „Ja!", fuhr sein Vater fort und bemühte sich verzweifelt, noch mehr positive Weihnachtsbaum-Verwendungen zu finden. „Manche nehmen auch die Pfadfinder und machen daraus Feuerholz für ihre Lagerfeuer. Und manche sammelt die Stadt für das große Osterfeuer, das jedes Jahr auf dem Marktplatz stattfindet."

Christophers Stimmung sank noch tiefer in den

Keller. Das wurde ja immer schlimmer! Vor seinem inneren Auge entstand ein Bild, wie sein Weihnachtsbaum auf dem schönen alten Marktplatz inmitten der putzigen Fachwerkhäuschen brannte, auf einen Haufen geworfen mit tausend anderen hilflosen Bäumen. Zuerst würden ihre Nadeln zischend auflodern, dann die Äste und als letztes würde der Stamm den Flammen zum Opfer fallen. Was für ein schreckliches Ende für einen Freund, der den Weihnachtstagen ihren festlichen Glanz verliehen hatte. Es musste doch irgendeine Rettung geben!

„Können wir ihn denn nicht behalten?", fragte der Junge bittend. „Ich stelle ihn auf der Terrasse ins Wasser und gieße ihn jeden Tag, und wenn er nadelt, fege ich alles weg. Wir können doch Vogelfutter in seine Zweige hängen, für die Meisen. Bitte, Papa!"

„Ach Junge", entgegnete sein Vater, der langsam ungeduldig wurde. „Das haben wir doch alles schon probiert, als du klein warst. Und dann warst du traurig, weil der Baum vor deinen Augen immer trockener und dürrer wurde. Glaube mir, es ist das Beste so. Jetzt geh rein und üb Klarinette, du hast morgen Unterricht." Damit drehte sich der Vater um. Mit entschiedenen Schritten ging er über das Kopfsteinpflaster des Hofs in das hübsche alte

Haus mit den gemütlichen blauen Fensterläden, in dem Christopher mit seinen Eltern wohnte. Christopher stand noch einen Moment am Hoftor. Dann folgte er seinem Vater, langsam und mit hängenden Schultern, tief in Gedanken versunken.

In dieser Nacht konnte Christopher nicht schlafen. Unruhig wälzte er sich hin und her. Immer wieder dachte er an seinen Baum, der einsam draußen am Hoftor in der Dunkelheit stand. Was konnte er tun? Plötzlich hörte der Junge ein Scharren an seiner Zimmertür. Christopher erschrak. Ein Einbrecher? Die grün leuchtenden Zeiger seines Weckers zeigten zwei Uhr morgens an. Im Haus herrschte absolute Stille. Der Junge setzte sich im Bett auf und zog die rot-weiß karierte Bettdecke bis an den Hals. Da, jetzt scharrte es wieder! Ein seltsames Geräusch, als würde ein Ast im Wind an der Tür kratzen. Christopher wurde unheimlich. Vielleicht spukte es ja? Auf einmal hörte er ein feines Klingeln. Da warf der Junge die Bettdecke ab, schwang wie elektrisiert die Beine über die Bettkante und sprang zur Tür. Er kannte dieses Klingeln! Es gehörte für ihn zu Weihnachten wie der Weihnachtsbaum oder die Geschenke. Es kam von einem kleinen, goldenen Glöckchen. Normalerweise hing es an einem roten Band um den Hals eines silbernen Hirsches. Dieser trug eine Kerze auf dem Rücken, stand die ganze Advents- und Weihnachtszeit über im Wohnzimmer auf der Fensterbank und leuchtete in die winterliche Dunkelheit hinaus.

Für Christopher war dieser Hirsch ein Held seiner Kindheit. Tapfer, klug und ein bisschen eitel trabte er als Hauptfigur durch unzählige spannende Geschichten, die allesamt Christophers Großvater erfunden hatte. Christopher liebte diese Hirsch-Geschichten, mehr noch als Bücher, und das wollte etwas heißen. Beim Erzählen saß der Großvater immer auf dem gemütlichen grünen Lesesessel am Fenster, während Christopher auf dem Boden vor ihm auf dem Teppich lag, Plätzchen aß und heißen Kakao schlürfte. Der Hirsch rettete vielen Waldtieren das Leben. Er merkte immer, wenn irgendwo ein Hase oder ein Reh in Schwierigkeiten steckte. Dann verließ er seinen Stammplatz am Fenster und erschien immer genau zur rechten Zeit am rechten Ort. Sein Licht war in den Geschichten keine Kerze, sondern ein übernatürliches, helles Leuchten, das er wie einen Scheinwerfer auf mächtige Feinde richten konnte. So schlug er erfolgreich wilde Bären in die Flucht oder zeigte verirrten Freunden den Weg nach Hause. Die Geschichten endeten immer damit, dass der Hirsch unbemerkt auf seinen Platz am Fenster zurückkehrte. Nur ab und zu verriet ein Tropfen Schmelzwasser an seinen Hufen seine nächtlichen Ausflüge in den Winterwald.

Die letzte Hirsch-Geschichte lag schon zwei Jahre zurück. Christophers Helden kamen nun eher aus Büchern, Filmen oder Computerspielen. Sie kämpften mit Lichtschwertern, hatten Superkräfte und retteten meistens die ganze Welt - nicht nur ein paar verirrte Waldtiere. Den Hirsch hatte er erst vorgestern mit seiner Mutter in die Weihnachtskiste auf dem Dachboden gepackt, nachdem er ihn die ganze Weihnachtszeit über kaum beachtet hatte. Wieso klingelte jetzt sein Glöckchen?

Vorsichtig öffnete der Junge die Tür und blieb gleich darauf wie vom Donner gerührt stehen. Im Flur vor seinem Zimmer stand der silberne Hirsch! Er lebte! Wie ein normales Waldtier stand er da und hatte gerade den Kopf gesenkt, um mit seinem Geweih noch einmal an der Tür zu kratzen. Sein Fell schimmerte silbern in der Dunkelheit wie Mondlicht, und natürlich hatte er keine Kerze auf dem Rücken. Vor Staunen brachte Christopher kein Wort heraus. Träumte er das hier alles? Der Hirsch hob den Kopf. „Na endlich", meinte er ein wenig ungeduldig. „Ich dachte schon, du würdest es verpassen." Christopher konnte es nicht fassen. „D...d...du kannst sprechen?" stotterte er. Vorsichtig streckte er die Hand aus und berührte seinen alten Gefährten aus Kindertagen am Hals. Tatsächlich, ganz normales Fell! „Genug gestaunt", unterbrach das Tier seine Gedanken und scharrte auffordernd mit dem zierlichen Vorderhuf. „Zieh dich an und komm mit." Wie in Trance drehte sich Christopher um und ging in sein Zimmer zurück. So etwas passierte sonst nur im Film! Allmählich fand er die Sprache wieder. „Wohin gehen wir denn?", fragte er neugierig, während er sich im Dunkeln die Kleider auf seinem Schreibtischstuhl griff und einfach über den Schlafanzug streifte. Insgeheim hoffte er, es ginge nicht um die Rettung eines Igels aus einer Schneeverwehung oder den Transport von Heu und Möhren zu einem eingeschneiten Rudel Rehe. Er wünschte sich ein größeres Abenteuer, die Rettung eines ganzen Landes oder, noch besser, einer ganzen Galaxie. Für einen Moment überlegte er, ob er sein Laserschwert mitnehmen sollte. Vielleicht wäre es wie durch ein Wunder ebenfalls zum Leben erweckt?

Da bemerkte er, dass das Tier sich bereits zum Gehen gewandt hatte. So würdevoll er konnte stieg der Hirsch die Treppe hinunter und setzte dabei vorsichtig einen Huf vor den anderen. Dennoch knarzten und knarrten die alten Holzstufen laut in der nächtlichen Stille. Christopher folgte ihm eilig und wunderte sich, dass seine Eltern bei dem Lärm nicht aufwachten. An der Garderobe neben der Treppe schnappte er sich Jacke, Mütze, Schal und Handschuhe und schlüpfte in seine dicken, warm gefütterten Winterstiefel. In der Küche leerte er sich hastig eine ganze Packung Müsliriegel in die Jackentasche. Der Hirsch war schon bei der Hintertür. Sie führte von der Küche hinaus auf eine kleine Terrasse. Von dort ging es hinunter in den verschneiten Garten. Mit der Schnauze drückte das leuchtende Tier die Klinke hinunter und murmelte etwas von „…könnte man auch mal ölen…". Dann sprang er mit einem Satz die Gartentreppe hinunter und stelzte über die Schneedecke davon.

Christopher schnappte sich im Hinausrennen noch das Taschenmesser seines Vaters, das stets griffbereit am Schlüsselbrett neben der Hintertür hing, und klinkte es sich an den Gürtel. Leise zog er die Tür hinter

sich zu und trat in die Winternacht hinaus.

KAPITEL 2: DER MARSCH DER BÄUME

Der Mond schien hell auf die Schneedecke und brachte die Eiskristalle darin zum Glitzern. Der silberne Hirsch stand schon am Rand des Gartens, dort, wo ein kleiner Bach die Rasenfläche leise plätschernd begrenzte. Hohe alte Bäume streckten ihre Zweige beschützend über die Reste eines alten Holzzaunes. Inmitten der sternklaren Nacht kam Christopher das Murmeln des Wassers viel lauter vor. Die Äste der alten Bäume knarrten leicht in einem unmerklichen Wind. Aus dem Wald, der nicht weit hinter dem Garten begann, meldete sich mit klagendem Ruf ein Uhu. Christopher fühlte sich tatendurstig und unbehaglich zugleich. Er war noch nie allein nachts drau-

ßen gewesen. Vorsichtig ging er die schmale, ein wenig vereiste Steintreppe hinunter, die zur Gartenpforte und einer kleinen bogenförmigen Brücke über den Bach führte. Der sonst eher lichte Laubwald dahinter erschien ihm dunkler und undurchdringlicher als sonst. Tannen standen dort, an die er sich nicht erinnern konnte. Dicht an dicht standen sie da, junge Bäumchen in Hüfthöhe genauso wie große, prächtige Tannen, die sich bestens als Weihnachtsbaum geeignet hätten. Christopher wunderte sich. Wo waren die denn alle hergekommen? Da hörte er den Hirsch, der zwischen die Tannen gelaufen war und mit jemandem zu reden schien. „Er ist da, wir können aufbrechen." Zu wem sprach das Tier?

Plötzlich begann es um Christopher herum zu rauschen und zu rascheln. Das Geräusch erinnerte ihn an das Ende eines Konzerts, das er vor Weihnachten mit seinen Eltern in der Stadthalle besucht hatte. Rauschender Applaus hatte nach dem letzten Ton eingesetzt, begleitet vom Rascheln und Scharren vieler Menschen, die aufstanden, um schnell zu ihren Autos und dann nach Hause zu kommen. Plötzlich wurde Christopher am Arm gepackt und eine Stimme, die mehr wie ein Knarren und Knarzen von Ästen klang, sagte: „Trödel nicht, Chris-

topher. Es ist Zeit." Christopher fuhr erschrocken zusammen: Was ihn da gepackt hielt war ein Zweig! Ein Tannenbaumzweig mit dicken Nadeln und grünen Spitzen, die wie Finger auf seiner Jacke lagen. Und die knarzende Stimme, die gehörte zu einem Tannenbaum! Der sah haargenau aus wie Christophers eigener Weihnachtsbaum: ungefähr 2,50 Meter hoch, viele starke Äste und doch eher schlank, damit er an seinen Platz zwischen Bücherregal und Sofa passte. „Das gibt's doch nicht, bist du es?" Begeisterung machte sich in Christopher breit. Für gewöhnlich mochte er es gar nicht, wenn er überrumpelt wurde. Aber diese Geschichte hier begann, ihm wirklich Spaß zu machen. „Ja, ich bin es tatsächlich", äußerte der Baum, und seine Stimme klang ebenfalls begeistert. „Leider ist jetzt keine Zeit für Erklärungen. Komm mit, wir dürfen die Prozession anführen."

Christopher ließ sich mitziehen. Sein Weihnachtsbaum war zum Leben erwacht! Und nicht nur er, wie es schien: Auch die anderen Tannenbäume bewegten sich und bildeten eine Gasse im Schnee. Durch diese marschierten Christopher und sein Baum zur Spitze des Zuges. Das Ganze wirkte tatsächlich wie eine Prozession, ein feierlicher Festzug – nur wohin? Am Ende der Gasse wartete der silberne Hirsch. Er hatte die Zeit genutzt, um genussvoll ein paar Grashalme abzuzupfen, die aus dem Schnee hervorspitzten.

Aus dem Augenwinkel beobachtete Christopher seinen Weihnachtsbaum, wie er neben ihm über den Schnee glitt. Er sah immer noch aus wie ein gewöhnlicher Tannenbaum, hatte weder Arme noch Beine und auch kein erkennbares Gesicht. Eigentlich lief er auch nicht über den Schnee; er schwebte eher. Im Schnee hinterließ der Baum jedenfalls keine Spur. Gleichzeitig wirkte er wie jemand, der gegen einen starken Wind ankämpfen muss. Sein Stamm war leicht nach vorne gebeugt, und er schwang kräftig mit den Zweigen. Christopher dagegen lief ganz entspannt. „Es ist nicht leicht für uns, in eurer Welt voranzukommen", schnaufte der Weihnachtsbaum angestrengt, und wieder konnte Christopher nicht fassen, dass er die Sprache der Bäume verstehen konnte. Er legte den Kopf zurück und lauschte. Konnte er etwa auch verstehen, was die alten Bäume am Rand des Gartens redeten? Hoch oben streckten die alten Gesellen ihre knorrigen Äste über den Zug der Tannenbäume. Christopher hörte genau hin. Doch so sehr er auch lauschte, hier ergab das Rauschen und Knarren keinen Sinn. Schließlich gab Christopher es auf. Weihnachtsbäume waren wohl anders als andere Bäume, soviel stand fest. Mittlerweile waren sie an der Spitze des Zuges angekommen. Der silberne Hirsch räusperte sich laut. „Nachdem nun alle Nachzügler eingetroffen sind" – bei diesen Worten warf er Christopher einen bedeutungsvollen Blick zu – kann die diesjährige Reise der Weihnachtsbäume beginnen."

In einer langen Reihe zogen die Bäume in den Wald hinein. Christopher packte nun vollständig die Abenteuerlust. Eine Reise! Wohin sie wohl führte? Eines war jedenfalls sicher: Morgen früh würde sein Weihnachtsbaum nicht auf dem Traktoranhänger der Jugendfeuerwehr landen. Vergnügt stapfte er neben dem silbernen Hirsch durch den Schnee. Ab und zu warf er einen interessierten Blick auf seinen Baum. Dabei fiel ihm doch eine Veränderung auf: Die Tanne hatte Wurzeln bekommen. Anstelle des abgesägten Stamm-Endes, das sein Vater mit einem Beil zurechtgehauen hatte, damit es in den Weihnachtsbaumständer passte, besaß der Baum nun einen kräftigen Wurzelballen. Christopher überlegte. Vielleicht würden sich die Weihnachtsbäume einfach ein bisschen tiefer im Wald verteilen und Wurzeln schlagen?

Mit der Zeit schloss sich der Wald immer dichter

um die geheimnisvolle Schar. Sie folgten einem Pfad, den Christopher noch nie zuvor entdeckt hatte. Auch der Förster schien hier nicht vorbeizukommen. Unberührt lag der verschneite Weg vor ihnen. Nicht einmal die Spuren eines Rehs oder eines Hasen kreuzten ihn. Eine ganze Zeit sprach niemand.

Nach einer Weile bekam Christopher Hunger. „Ist es noch weit?" fragte er den silbernen Hirsch, der gerade wieder den Kopf gehoben hatte, um zu wittern. „Wie man es nimmt", antwortete das Tier rätselhaft und fügte gleich darauf hinzu: „Ich würde jetzt lieber keinen Müsliriegel essen." Christopher, der die Hand schon in der Jackentasche hatte, hielt verblüfft inne. Dann läutete der Hirsch mit seinem Glöckchen. Diesmal klang es anders, tief und laut wie eine Kirchturmglocke, die die Dorfbewohner zusammenruft. Auf einmal ging alles furchtbar schnell.

KAPITEL 3: DER SPRUNG IN EINE ANDERE WELT

Christophers Weihnachtsbaum packte den Jungen, um-
klammerte ihn fest mit mehreren Ästen und hob ihn
hoch. Christopher protestierte. „He, was soll das?" Im
nächsten Moment stürzten alle Bäume los. Vorbei war es
mit der feierlichen Prozession und dem etwas angestreng-
ten Dahingleiten. Nun sausten die Tannen über den
Schnee. Sie stürzten durch den lichter werdenden Wald
wie eine Büffelherde auf der Flucht vor den Jägern. Krachend und knackend brachen sie durchs Unterholz.

Dann erreichten sie den Waldrand. Christopher,
der kaum etwas sehen konnte durch die Nadeln und Äste,
die ihn umschlungen hielten, erhaschte einen flüchtigen

Blick auf eine weite, mondbeschienene Ebene. Dieser Ort war ihm völlig unbekannt. War er das Ziel der seltsamen Reise? Der Junge hätte nichts dagegen gehabt, denn die Tannennadeln piekten und stachen ihn überall. Aber die Tannenbäume wurden nicht langsamer. Im Gegenteil, sie beschleunigten sogar noch. Es war, als würden sie alles aus sich herausholen, wie Sportler, die auf den letzten Metern nochmal alles geben...bis Christophers Baum plötzlich mitten im „Lauf" ins Leere „trat". Die Welt kippte vor Christophers Augen. Wie die besagte Büffelherde stürzten alle Tannenbäume über den Rand einer Schlucht, die sich plötzlich unter ihnen auftat, und fielen in einen gähnenden schwarzen Abgrund.

Entsetzt kniff Christopher die Augen zusammen. Er schrie. Verzweifelt klammerte er sich am Stamm seines Weihnachtsbaumes fest. Bilder rasten durch seinen Kopf. Er sah sich in wilde Gebirgsbäche stürzen oder in rauschende Wasserfälle, die ihn über steile Klippen noch weiter in die Tiefe reißen würden. Er glaubte, das pfeifende Sausen des Windes zu spüren und die Wucht der Schwerkraft, die ihn nach unten riss. Er schrie noch einmal und packte noch fester zu. Da legte sich ein weicher

Nadelzweig über seinen Mund. Wie jemand, der langsam aus einem Albtraum auftaucht, hörte er aus der Ferne seinen Namen. „Christopher!" Ganz ruhig, besänftigend und gar nicht aufgeregt: „Christopher!" Schließlich fiel ihm die Stille auf. Der Wind sauste gar nicht. Kein Fallwind pfiff um seine Ohren, kein Gebirgsbach rauschte unter ihm. Kalt war es auch nicht, im Gegenteil: Die Luft fühlte sich lau und angenehm an. „Christopher, mach die Augen auf!"

Da endlich begriff der Junge, dass er gar nicht fiel. Sein Gehirn hatte ihm einen Streich gespielt. Vorsichtig blinzelte er mit einem Auge. Er fiel tatsächlich nicht: Er schwebte. Alle Weihnachtsbäume schwebten. Wie die Schirmchen von Pusteblumen sanken sie leise schaukelnd nach unten. Es sah ganz und gar nicht wie ein bedrohlicher Absturz aus, eher wie eine Vergnügungsreise. Christopher öffnete beide Augen und atmete erleichtert auf.

„Es tut mir leid", sagte sein Weihnachtsbaum entschuldigend zu ihm, „ich konnte dich nicht warnen. Wir dürfen auf keinen Fall zögern, wenn wir auf den Rand eurer Welt zustürzen, sonst schaffen wir den Sprung nicht. Für Erklärungen war keine Zeit."

Auf den Rand eurer Welt? Aber Christopher kam

nicht zum Grübeln, was das zu bedeuten hatte. Er war viel zu beschäftigt, die Aussicht um sich herum zu bestaunen. Womöglich sah er das Schönste, was er je im Leben zu Gesicht bekommen würde. Es war, als würden sie mitten durch einen Sonnenuntergang sinken. Leuchtende Farben umgaben ihn. Orangefarbene und rote Wolken trieben wie Himmelslaternen in verschiedener Höhe. Weiter weg türmten sich weißgraue Wolkengebirge auf, die dieses Meer aus Licht und Farbe begrenzten wie riesige Uferfelsen. Offenbar schwebten Christopher und die Bäume von oben in eine geheimnisvolle andere Welt hinein, ja, sie fielen gewissermaßen „vom Himmel". Der Junge staunte mit offenem Mund, bis ihn die Stimme des silbernen Hirsches aus seiner Andacht riss: „Jetzt wäre der richtige Augenblick für einen Müsliriegel."

Das Tier hatte sich unbemerkt neben Christopher bewegt. Anders als die Tannenbäume schwebte der Hirsch nicht in der Luft. Er paddelte etwas unbeholfen wie ein schwimmender Hund, wobei er so viel Würde wie möglich zu bewahren versuchte. Christopher unterdrückte ein Lachen. Er kramte mit einer Hand in seiner Jackentasche und brachte zwei der in Silberpapier eingepackten Riegel hervor. Seinem Weihnachtsbaum bot er nichts an, denn wie hätte dieser auch essen sollen? Es machte Spaß, dem Hirsch den Müsliriegel auf der flachen Hand zu verfüttern, so wie bei Wildtieren in Wildparks. „Wildparks, tsss!" schüttelte der Hirsch missbilligend den Kopf und las einmal wieder Christophers Gedanken. Trotzdem aß er genüsslich auch den nächsten Müsliriegel. Der Junge war so beschäftigt mit dieser Tätigkeit, dass er gar nicht merkte, wie sie sich dem Boden näherten. Mit einem gedämpften Stoß setzte der Wurzelballen seines Weihnachtsbaums auf der Erde auf.

Wo sie wohl gelandet waren? Erneut fielen Christopher die Worte seines Weihnachtsbaums ein. „…wenn wir auf den Rand eurer Welt zustürzen", hatte dieser gesagt. In welcher Welt waren sie jetzt?

KAPITEL 4: DAS LAND UNTEN AM BERG

Christopher ließ den Stamm seines Weihnachtsbaums los und sprang auf den Boden. Neugierig sah er sich um. Er rechnete fest damit, eine riesige Tannenschonung zu sehen, Weihnachtsbaum an Weihnachtsbaum, die alle seit Jahrhunderten herbeigewandert waren aus der Welt der Menschen, um hier zu wurzeln. Hier musste der Ort sein, wo die Bäume fröhlich und in Sicherheit wachsen konnten

Aber die Weihnachtsbäume um ihn herum sahen nicht so aus, als ob sie Wurzeln schlagen wollten. Sie standen in Grüppchen zusammen, redeten in ihrer knarrenden Sprache und machten insgesamt den Eindruck, als würden sie auf etwas warten. Bei genauerem Hinsehen konnte an diesem Ort auch niemand Wurzeln schlagen. Sie standen nämlich nicht in einem märchenhaften Tal mit grünen Wiesen und bewaldeten Hängen, wie etwa in der Schweiz oder im Schwarzwald. Im Gegenteil: Christopher und die Bäume befanden sich auf dem Gipfel eines unglaublich hohen Berges. Der Boden war schroff und felsig. Andere Gipfel umgaben sie, soweit das Auge reichte. Auf manchen von ihnen lag Schnee. Christopher fühlte sich wie in den Alpen, oder nein, eher wie auf dem Mount Everest im Himalaya (obwohl er noch nie dort gewesen war).

Etwas abseits am Rand der Felsfläche stand der silberne Hirsch. Das Tier graste seelenruhig auf einem mit Moos und Flechten bewachsenen Fleckchen und ließ sich den leichten Wind durchs Fell streichen. Christopher ging auf ihn zu und setzte sich auf den Boden. Eine Weile lang sagte keiner von beiden etwas. Dann fragte Christopher endlich: „Auf was warten wir?"

„Auf das Startsignal", gab der Hirsch kauend zur Antwort. Er fuhr fort: „Die Reise ist erst am Fuß dieser Berge zu Ende. Das Land dort unten ist wie ein großer Garten. Jeder Baum bekommt einen sorgfältig ausgesuchten Standort, der genau zu ihm passt. Du dachtest doch nicht etwa, dass sie einfach wie in einer Tannenschonung wahllos nebeneinandergesetzt werden?"

„Aha", antwortete Christopher und gab nicht zu, dass er genau das gedacht hatte. Ein Weihnachtsbaum hatte natürlich einen Sinn für Schönheit, nachdem er wochenlang die Wohnungen der Menschen verschönert hatte. Also wollte er sicherlich nicht irgendwie und irgendwo wurzeln. „Aber wer plant das alles?" wunderte er sich. Es klang kompliziert, für jeden Weihnachtsbaum den optimalen Platz zu finden. „Der Alte von unten am Berg", antwortete der Hirsch, und aus irgendeinem Grund bekam Christopher dabei Gänsehaut. Der Alte von unten am Berg… Das klang geheimnisvoll. Wer war diese Person? Ein Mensch? Ein Fabelwesen? Eine Art Weihnachtsmann? Der Hirsch redete weiter. Auf einmal klang er besorgt. „Normalerweise begleitet er die Prozession von Anfang an. Warum er dieses Jahr nicht dabei ist, weiß ich nicht. Anscheinend bist du dafür eingesprungen. Ich nehme an, er …" Christopher unterbrach ihn erschrocken. „Eingesprungen? Moment mal! Ich habe doch keine Ahnung. Wie soll ich…"

In diesem Augenblick kam Bewegung in die Bäume. Sie stellten sich hastig in einer Reihe auf, schüttelten die Zweige und knarrten aufgeregt. Dabei schienen sie auf eine Reihenfolge zu achten. Mehrfach wechselten sie den Platz, schoben sich zur Seite und sortierten sich neu. Ganz vorne in der Reihe stand Christophers Weihnachtsbaum. „Warum steht mein Baum wieder vorne?" fragte Christopher, den schon die ganze Zeit brennend interessiert hatte, warum ausgerechnet sein Weihnachtsbaum die Reise der Weihnachtsbäume anführen durfte. Der Hirsch, der sich noch schnell eine weitere Schnauze voll Moos und Flechten gegönnt hatte, sah ihn erstaunt an. „Hast du dir das wirklich nicht schon gedacht?" Er seufzte, spuckte angewidert ein Steinchen aus, das er versehentlich erwischt hatte, und begann zu erklären.

„Der stärkste Baum steht vorne. Die Stärke eines Weihnachtsbaumes hängt davon ab, wie sehr er von den Menschen gemocht wird. Es gibt Menschen, denen sind Weihnachtsbäume vollkommen egal. Sie nehmen den billigsten, weil es ihnen ganz gleich ist, wie er aussieht. Er gehört nur irgendwie dazu. Er wird irgendwie geschmückt, irgendwo hingestellt und die Menschen denken: Erledigt. Der arme Weihnachtsbaum steht dann zwei Wochen herum und welkt, aber nicht von außen, sondern von innen. Seine Aufgabe ist es doch, die Weihnachtszeit zu verschönern. Wie soll er das jetzt tun? Ihn beachtet ja niemand. Also wird er schwach. Weihnachtsbäume müssen beachtet werden, und man muss sich mit ihnen Mühe geben. Nur so tanken sie in der Weihnachtszeit genügend Energie, um die Reise in dieses Land hier antreten zu können. Missachtete Bäume haben keine Kraft und schaffen es nicht, sich von eurer Welt zu lösen. Sie verpflanzlichen, und schließlich verdorren sie auch von außen. Wenn man sie nach Weihnachten abtransportiert, sind sie nicht mehr als irgendein trockenes Stück Holz."

Beim letzten Satz schnaubte der Hirsch verächtlich. Er rupfte noch etwas Moos ab und murmelte kauend etwas von „..diese unmöglichen Menschen…" und „…ist doch wohl nicht zu viel verlangt…" Dann stand er auf. Christopher reimte sich den Rest selbst zusammen. Er war absolut weihnachtsbaumverrückt. Nichts machte ihm mehr Spaß, als jedes Jahr den Weihnachtsbaum auszusuchen, aufzustellen und zu schmücken. Am liebsten hätte er im Weihnachtsbaum gewohnt. Als Kind hatte er sich ständig vorgestellt, wie es wäre, in den Zweigen ein kleines Häuschen zu haben. Er mochte die vielen schönen Weihnachtskugeln, die seine Mutter über Jahre hinweg gesammelt hatte. Und ganz besonders mochte er die vielen weißen Vögel aus Glas, die nur er an den Zweigen befestigen durfte. Wenn es darum ging, als Weihnachtsbaum gemocht zu werden, dann musste sein eigener Baum vor Kraft fast platzen.

Christopher stand vom Boden auf. „Dann wollen wir mal!", gab er sich unternehmungslustig, obwohl er gar nicht wusste, was genau sie wollten und wie es jetzt weiter ging. Genau in diesem Moment ertönte ein lautes Hornsignal.

KAPITEL 5: DER ANGRIFF

„Los, Christopher", rief sein Weihnachtsbaum ihm aufgeregt zu. Stolz und abenteuerlustig stand er da ganz vorne in der Reihe. Wind zauste seine Nadeln. Christopher rannte zu ihm hin. Entschlossen griff er nach der Zweighand, die die Tanne ihm entgegenhielt. Das Hornsignal ertönte zum zweiten Mal. Christopher machte mit seinem Baum ein paar Schritte nach vorne, als würden sie an eine Startlinie treten. Der Junge sah jetzt, dass der Berg hier gar nicht so steil abfiel, wie er vermutet hatte. Unter ihnen lag keineswegs ein Abgrund. Die Bergflanke war zwar schroff, aber ein Abstieg wäre auch ohne Seil zu schaffen gewesen. Wie es aussah, mussten sie allerdings weder springen noch absteigen. Sie würden rutschen!

Eine breite Rampe war in den Berg gehauen. Sie begann direkt am Rand des Berggipfels und erinnerte Christopher an einen sehr breiten Wasserkanal. Gut und gerne zehn Weihnachtsbäume hätten bequem nebeneinander darauf Platz gehabt. Das erstaunliche Bauwerk führte manchmal schnurgerade, manchmal in weit geschwungenen Kurven schräg über die Bergflanke nach unten. Vermutlich endete die Rampe am Fuß des Berges, der jedoch in Wolken und Nebel verborgen lag. Ihre Oberfläche glänzte spiegelglatt, als sei sie mit Eis überzogen. Christopher bückte sich und fasste vorsichtig mit der Hand darauf. Seine Finger berührten glatt polierten Stein, der sich nicht kalt, sondern fast warm anfühlte. Nicht die kleinste Unebenheit war zu sehen oder zu spüren. Wer hatte dieses Wunderwerk gebaut?

„Beim dritten Hornsignal rutschen wir los", informierte ihn sein Weihnachtsbaum. Christopher kam gar nicht dazu, sich zu fragen, woher sein Baum das wusste. Anscheinend hatten die Bäume eine Art Instinkt, oder sie kannten die Gesetze dieses Landes aus uralten Erzählungen, die sie sich beim Heranwachsen in ihren Tannenschonungen zuraunten. Christopher hatte keinen solchen Instinkt. Er gehörte nicht gerade zu den Draufgängern in seiner Klasse und rutschte im Schwimmbad nur selten die große Wasserrutsche hinunter. Er hatte wieder mit einer sanften Schwebepartie gerechnet, und nun war ihm sehr mulmig zumute. Auf dieser Rampe würden sie eine aberwitzige Geschwindigkeit entwickeln. Wie sollten sie unten bremsen? Da erklang das dritte Hornsignal. Christopher atmete tief durch, packte die Zweighand seines Baumes fester und sprang. Hinter ihnen trat die nächste Tanne an die Rampe, aber das konnten sie schon nicht mehr sehen.

Erst langsam, dann immer schneller ging es bergab. Die Rampe war so glatt, dass Christophers Kleidung überhaupt nicht bremste. Sein Baum rutschte neben ihm und sah in dem riesigen Kanal so klein aus wie ein Streichholz. Zackige Felsen rasten an Christopher vorbei. Immer wieder hörte er das Hornsignal, das die Bäume nach ihnen zum Start rief. Irgendwann legte er sich auf den Rücken und ließ die Wolken über sich vorbeiflitzen. Gerade begann ihm die Sache Spaß zu machen, als es blitzartig dunkel wurde. Ein Tunnel! Nein, kein Tunnel: Eine Höhle! Schwach konnte Christopher glitzernde Gesteinsadern über seinem Kopf erkennen. Edelsteine? Dann waren sie auch schon wieder draußen und setzten ihre schwungvolle Talfahrt fort.

Wenig später wurde es plötzlich kalt. Schrecklich kalt, ja, eisig kalt! Christopher, der sich bisher trotz des Fahrtwinds recht wohl gefühlt hatte, begann zu frieren. Außerdem verloren sie an Tempo. Waren sie schon am Ziel? Der Himmel überzog sich mit dunklen, tiefhängenden Wolken. Der Wind trieb Graupelschauer vor sich her. Kleine, harte Eiskristalle prasselten auf Christophers Gesicht, fielen in seinen Kragen und ließen ihn frösteln. Nicht gerade der Empfang, den man sich am Ziel einer solchen Reise wünschte. Was ging hier vor sich?

Christopher wurde so langsam, dass er sich in aller Ruhe aufsetzen konnte. Dann kam er ganz zum Stillstand. Entsetzt stellte er fest, dass sich die Rampe unter ihm mit Eis überzog. Sein Tannenbaum neben ihm sah stachelig aus. Seine Nadeln gefroren! Sie waren eisbedeckt und standen ab wie Borsten an einem alten Besen. Schräg lag er da auf der Rampe und sah plötzlich kein bisschen anders aus als die leblosen ausrangierten Weihnachtsbäume an den Hoftoren. Christopher rappelte sich auf seine eiskalten Füße. Er schüttelte seinen Baum und merkte erschrocken, dass dieser bereits an der Rampe festfror. „Was ist los?", rief der Junge ihm zu. „Was soll ich tun?" Es fiel ihm sehr schwer, die Ruhe zu bewahren. Für seinen Geschmack passierten auf dieser Reise entschieden zu viele Überraschungen, und diese hier war die unangenehmste. Er konnte doch nicht tatenlos zusehen, wie sich sein schöner Weihnachtsbaum in einen stacheligen Eisbesen verwandelte. Aber die Tanne ächzte nur. Erst nach dem dritten Anlauf verstand Christopher, dass der Baum etwas zu sagen versuchte. Er beugte sich zu ihm hinunter, denn der heulende Wind riss jedes Wort mit sich fort. „Carasmos", stieß die Tanne mit Mühe hervor. „Das ist das Werk von Carasmos." Danach gab er nur noch ein Knacken von sich, und schließlich war er still.

Christopher geriet in Panik. „Wer ist Carasmos?" rief er verzweifelt. „Sag doch was!" Doch sein Baum gab keine Antwort. Christopher sah hoch und stellte fest, dass auch die anderen Bäume hinter ihnen festgefroren waren. Die Rampe sah aus wie eine verlassene Modelleisenbahn, auf der jemand achtlos eine Schachtel Tannenbäume verstreut hatte. Darüber tobte der Schneesturm. Plötzlich glaubte Christopher, in dem wilden Treiben etwas zu erkennen. Einen Schatten, groß wie ein Kirchturm…nein, das konnte nicht sein! Er musste sich täuschen. Der Junge blinzelte und wischte sich Schnee und Eis von den Wimpern. Und doch…

Da hatte Christopher genug. Ja, mehr noch. Er wurde wütend. Wer immer dieser Carasmos sein mochte, es war ihm fast egal. Er war hierhergekommen, um seinen Weihnachtsbaum auf seiner Reise in ein neues, schönes Leben zu begleiten. Er würde nicht tatenlos zusehen, wie die Tanne auf einer vereisten Rampe mitten in einem Schneesturm elend ihr Leben ließ. „Du kannst mich mal, Carasmos", knirschte er zwischen den Zähnen. Entschlossen packte er den Stamm seines Baumes, gerade noch rechtzeitig, bevor dieser mit allen Nadeln an der Rampe festfror. Mit aller Kraft zog und zerrte er ihn von dort fort. Er hielt kurz inne, um die Kapuze seines blauen Parka hochzuschlagen und sich seinen grünen Schal über Mund und Nase zu binden. Dann stapfte er, den Baum hinter sich herziehend, durch den frisch gefallenen Schnee davon.

KAPITEL 6: SCHRECKEN IM SCHNEESTURM

Der Sturm heulte immer lauter. Vor sich sah Christopher nur wirbelnde Flocken. Und hinter sich? Darüber wollte er lieber nicht nachdenken. Der Schnee lag jetzt hoch. Der Wind blies ihm eiskalt ins Gesicht. Christopher musste schräg gegen ihn ankämpfen, und der Baum, den er mit sich zog, wurde immer schwerer. Nachdem er eine Weile gegangen war, bekam er Hunger. Einen Müsliriegel hatte er noch in seiner Tasche. Hastig riss er ihn auf, stets in Angst, von dem schrecklichen Carasmos überfallen zu werden. Was für ein Wesen mochte das sein? Christopher stellte sich eine Art riesenhaften Yeti vor, einen zotteligen Schneemensch, der mit schweren Schritten über den Berg stapfte und mit übernatürlichen Kräften eine grausame Kälte um sich herum verbreitete. Er hatte keine Ahnung, wie er einem solchen Gegner entgegentreten sollte. Niemand hatte ihn darauf vorbereitet, dass es auf dieser Reise solche Gefahren zu bestehen gab. „Da hast du dein Abenteuer", schalt er sich selbst und wünschte, er hätte sich mit der Rettung von verirrten Igeln und hungrigen Rehen begnügt. Wenn er doch wenigstens sein Laserschwert mitgenommen hätte!

Als er die leere Packung des Müsliriegels in die Tasche stopfte, fiel ihm der silberne Hirsch ein. Was war eigentlich mit dem geschehen? Stand er immer noch oben auf dem Berg an der Rampe, weil noch gar nicht alle Tannenbäume ins Tal gerutscht waren? Bekam er etwa von der Katastrophe hier unten gar nichts mit und kaute friedlich Moos und Flechten? Oder holte er Hilfe, den geheimnisumwitterten Alten von unten am Berg vielleicht? Christopher machte sich Sorgen. In diesem Moment vibrierte die Erde unter dem Jungen, erst leicht und gleich darauf mehr und mehr. Irgendetwas näherte sich. Etwas Großes, Schweres...

Christopher griff sich seinen Baum und versuchte, wegzurennen. Doch es war aussichtslos. Der Schnee hinderte sein Fortkommen zu stark. Der Junge sank bis über die Knie ein, sein Baum bremste ihn fürchterlich und an eine schnelle Flucht war nicht zu denken. Die schweren Schritte kamen immer näher, überraschend schnell, fast schon im Galopp. Wer immer da herankam, rannte hinter Christopher her wie ein wild gewordener Tyrannosaurus Rex. „Dudumm, dudumm, dudumm" dröhnte die Erde. Es gab kein Entkommen. Da wurde Christopher zum zweiten Mal zornig. Eigentlich hätte er jetzt die größte Angst seines Lebens haben müssen. Er war nicht sehr mutig, bestimmt kein Anführertyp, sondern eher ruhig und zurückhaltend. Aber jemand, den er sehr mochte, war in Gefahr, und das gab ihm mehr Kraft als alles andere.

„Du Scheusal, du kriegst uns nicht", schrie er in den Wind, „nur über meine Leiche!" Aus dem Schneetreiben klang ein tiefes Lachen, tierhaft, eigentlich fast ein Bellen. Aha, Carasmos war also mehr Tier als Mensch. Auch egal! Christopher ließ seinen Baum fallen, stellte sich vor ihn und klinkte das Taschenmesser seines Vaters aus dem Gürtel. In seiner Verwirrung öffnete er den Korkenzieher, doch das änderte nichts an seiner Entschlossenheit. Er würde seinem Gegner einen heftigen

Kampf liefern. Kurz dachte er an seine Eltern. Wie sollten sie jemals erfahren, was aus ihm geworden war, hier im fernen Land der Weihnachtsbäume? Dann sah er im letzten Zwielicht, undeutlich gegen den schneeverdunkelten Himmel, einen riesenhaften Schatten auf sich zukommen.

„Verschwinde, du Fiesling!", schrie der Junge. Er stürzte auf den Schatten zu, den Korkenzieher drohend in der erhobenen Faust. Aber er kam nicht weit. Auf dem vereisten Schnee rutschte er weg, verlor das Gleichgewicht und schlug rücklings auf dem Boden auf. Das Taschenmesser flog ihm aus der Hand und landete irgendwo im Schnee. Kurzzeitig war Christopher benommen. Einen Moment lang wäre er gerne einfach liegen geblieben und hätte aufgegeben. Was konnte er jetzt noch ausrichten? Aber Christopher war auch kein Feigling. Er setze sich auf. In diesem Augenblick legte sich eine riesige, zottelige Pfote auf seine Beine, so groß wie Christophers Iglu-Zelt, das er zu Weihnachten bekommen hatte. Christopher versuchte verzweifelt, sie wegzustoßen. Dann klatschte ein nasser Lappen auf sein Gesicht. Ein warmer nasser Lappen, sehr rau... eine Zunge! Die Bestie schleckte ihn ab! Wollte sie testen, wie er schmeckte?

Christopher kniff angeekelt die Augen zu und versuchte, sich weg zu ducken. Jetzt fiepte der Yeti auch noch wie ein Hund. Es klang genau wie Barny, der Hund von Christophers Großvater, wenn er begeistert an der Tür hin und her sprang und in den höchsten Tönen jaulte vor Freude, weil Christopher zu Besuch kam. Was war los mit diesem Yeti?

Christopher konnte nicht anders: Er öffnete die Augen und sah nach oben. Dann musste er lachen, obwohl er vor lauter Erleichterung am liebsten geweint hätte. Das war kein Yeti – das war tatsächlich Barny! Da saß der schwarzbraune Hund, der schon in Christophers Welt ein Riese war, aber jetzt gut und gerne Hausgröße erreichte. Er hatte die Pfote von Christophers Beinen genommen, hielt sie tastend in die Luft und machte die Geste „Winken", die Christopher in den Weihnachtsferien stundenlang mit ihm geübt hatte. „Barny!" Jetzt traten Christopher doch die Tränen in die Augen. Er sprang auf und vergrub sein Gesicht im eisverkrusteten Fell des Hundes, wobei er ihm nicht einmal bis zu den Knien reichte. „Was machst du denn hier?"

„Ich schätze, ich gehöre zum Team", antwortete Barny bellend, und Christopher verstand jedes Wort. Die

Geschichte machte ihm wieder Spaß. Jetzt verstand er nicht nur die Sprache der Bäume, sondern auch noch die der Tiere! Bevor er weitere Fragen stellen konnte, schob ihn Barny mit der Schnauze vorwärts. „Wir müssen raus aus dem Schnee", ermahnte er den Jungen, „bevor uns Carasmos findet." Carasmos! Den hatte Christopher ganz vergessen. Aber jetzt hatte er ja Barny, und mit dem musste Carasmos es erst einmal aufnehmen.

Der große Hund beugte sich schwanzwedelnd über Christophers Baum und hechelte ihn so lange an, bis Schnee und Eis rund um die Tanne getaut waren. Dann nahm er den Baum vorsichtig ins Maul und transportierte ihn ab, als sei er das kostbarste Stöckchen, das er je gefunden hatte. Der Junge folgte ihm. Er setzte seine Füße immer in die riesigen Pfotenabdrücke des Hundes, was das Laufen sehr erleichterte. Nur zu gerne überließ er dem Tier die Führung. Barny würde seinen Weg schon finden. Während sie liefen, reimte er sich alles zusammen. Er selbst war hier, weil er Weihnachtsbäume liebte und dem Alten vom unten am Berg irgendwie helfen musste. Und Barny?

Barny liebte Weihnachtsbäume mindestens genauso. Sobald er ins Haus durfte, rannte er ins Wohnzimmer und kroch begeistert unter den Weihnachtsbaum, wobei er viele nasse Pfotenabdrücke auf dem Teppich hinterließ. Nicht selten ging dabei die eine oder andere Glaskugel zu Bruch, worauf der Hund mit verlegenem Gesichtsausdruck noch tiefer unter die Zweige rutschte. Meistens schnarchte er nach wenigen Minuten laut und behaglich. Am Weihnachtsabend konnte niemand Geschenke unter den Baum legen, weil Barny nicht bereit war, seinen Stammplatz zu räumen. Auch seinen alljährlichen Weihnachtsknochen zerbiss er knirschend und krachend unter dem Weihnachtsbaum, was dem Weihnachtsessen eine leicht störende Begleitmusik verlieh. Doch niemand hatte das Herz, den Hund von dort zu vertreiben.

Jetzt war Barny hier, auf Riesengröße gewachsen, in einer Welt voller Gefahren, die nun nicht mehr ganz so bedrohlich wirkte. Vielleicht konnten sie es jetzt mit Carasmos aufnehmen.

KAPITEL 7: VERSCHÜTTET!

Der große Hund lief zielstrebig durch den Schnee, schnüffelte ab und zu und trottete dann weiter. In dem immer noch tobenden Schneesturm verließ er sich ganz auf seinen Geruchssinn. Christopher folgte ihm hoffnungsvoll. Auch Christophers Weihnachtsbaum beklagte sich nicht darüber, dass der Transport in Barnys Maul eine ziemlich nasse Angelegenheit war. Plötzlich blieb der Hund so abrupt stehen, dass Christopher mit dem Gesicht in seinen zotteligen, eisverklebten Hinterlauf hineinrannte. Als nächstes fiel ihm die Stille auf. Das Heulen des Windes hatte aufgehört.

Der Junge sah sich um und stellte fest, dass Barny sie in eine Höhle geführt hatte. Keine kleine, gemütliche

Höhle wie die eines Bären für den Winterschlaf, sondern ein ziemlich großes Loch im Felsen, das tief in den Berg hinein zu führen schien. Ob Carasmos sie in den Felsen gehauen hatte? Egal, beschloss Christopher, für den Moment waren sie hier sicher.

Barny ließ den Weihnachtsbaum fallen und schüttelte sich, wodurch Christopher faustgroße Eisbrocken um den Kopf flogen. „Pass auf!" rief der Junge erschrocken und sprang zur Seite. Dann erkundigte er sich: „Woher wusstest du, dass hier eine Höhle ist? Du bist doch auch zum ersten Mal hier?" „Instinkt", gab Barny schwanzwedelnd zur Antwort und fegte hinter sich eine Reihe Tropfsteine von der Höhlendecke. Christopher hatte genug. „Barny: Platz!" befahl er, und der große Hund ließ sich gehorsam fallen. Durch die Erschütterung lösten sich ein paar kleinere Felsbrocken und Christopher hatte Glück, dass ihn keiner davon traf. Der Junge seufzte hörbar. Mit spitzen Fingern richtete er seinen mit Spucke verschmierten Weihnachtsbaum auf und lehnte ihn an die Höhlenwand. Die Tanne tat keinen Mucks. Vermutlich musste sie sich erst einmal erholen. Christopher setzte sich auf den Boden. Er musste nachdenken. Vor allem musste er alles über Carasmos herausfinden.

„Was hat dieser Carasmos gegen Weihnachtsbäume?" „Keine Ahnung, das muss doch unser Baum
hier wissen", gab Barny zurück, der sich gerade mit seiner
riesigen Zunge Eis und Schnee von den Fußballen leckte.
Aber die Tanne knarrte nur undeutlich und murmelte
etwas von „...uraltes Geheimnis" und „...dürfen nur
Weihnachtsbäume wissen." Christopher wurde ungeduldig. „Das ist doch nicht dein Ernst! Dieses uralte Geheimnis kommt hier gleich um die Ecke und ich weiß
nicht, mit wem ich es zu tun habe, geschweige denn, was
wir gegen ihn tun können! Was hat der Kerl überhaupt
für ein Problem mit Weihnachten?" Der Weihnachtsbaum druckste noch ein wenig herum, dann gab er sich
einen Ruck. „Also gut", seufzte er. „Normalerweise darf
kein Baum über Carasmos reden. Die jungen Bäume
würden sonst Angst bekommen und die Reise gar nicht
erst antreten. Ich kenne auch nur ein paar Bruchstücke,
die ich in der Weihnachtsbaumschonung aufgeschnappt
habe. Eines steht jedenfalls fest: Carasmos ist ein Eisriese,
und er hasst Weihnachten. Warum weiß niemand. Irgendwann ist er aufgetaucht und hat angefangen, die
Bäume zu bekämpfen. Anfangs war er nicht so stark, und
auch nicht so groß. Er stürmte irgendwo auf halber Höhe

auf die Rampe zu und versuchte, uns in voller Fahrt zu schnappen. Auf dem Berggipfel oben war er noch nie. Die meisten Bäume konnten ihm entkommen, und selbst die, die er erwischte, konnten sich oft befreien. Weihnachtsbäume sind tapfere Kämpfer, wenn sie müssen. Aber dann ist Carasmos über die Jahre immer stärker geworden. Wir Bäume haben den Grund dafür noch nicht gefunden. Vielleicht liegt es daran, dass niemand mehr Weihnachten richtig ernst nimmt. Für die meisten Menschen macht es keinen Unterschied, ob Sonntag ist oder Weihnachten. Vielen ist es zu viel Arbeit. Vielleicht hat das Auswirkungen auf diese Welt hier. Wir Weihnachtsbäume werden ja auch immer schwächer. Immer weniger haben die Kraft, um auf die Reise zu gehen." Traurig ließ er die Zweige hängen. Christopher und Barny sahen sich betreten an. Was konnte man dazu Tröstliches sagen?

In diesem Moment wurde es mit einem Schlag stockfinster. Der Wind draußen heulte auf wie ein wütendes Raubtier und warf sich mit voller Wucht gegen den Berg. Hagel peitschte in den Höhleneingang. Oben am Hang löste sich eine Lawine. Auf einer Breite von zwei Fußballfeldern rutschte sie zu Tal und riss alles mit sich, was ihr im Weg stand. Immer näher kamen sie, rumpelnd und krachend, bis das Dröhnen der kleinen Gruppe in der Höhle fast die Ohren platzen ließ. Schließlich donnerten die eisigen Massen über die Höhle hinweg. Tonnen von Schnee und Geröll schoben sich über sie, versperrten den Höhleneingang und begruben die drei Gefährten in ihrer dunklen Gruft unter einer meterdicken eisigen Decke. Sie waren verschüttet.

„Das ist Carasmos", rief der Weihnachtsbaum aufgeregt in der darauffolgenden Stille. „Er hat uns gefunden!" In der Höhle war es stockdunkel. Christopher ärgerte sich, dass er seine Taschenlampe nicht mitgenommen hatte. Streichhölzer hatte er auch keine. „Barny, such!" rief der Junge verzweifelt. „Lauf in die Höhle hinein und schau nach, ob es einen anderen Ausgang gibt."

Doch nach kurzer Zeit kam der Hund bereits zurück.

„Da hinten ist Schluss", ließ er bekümmert verlauten und ließ die Ohren hängen. „Hinter der ersten Kurve geht's schon nicht weiter." Aber Hunde lassen sich nicht so schnell entmutigen. Eifrig lief Barny zum Höhleneingang und begann zu graben. Dann würde er eben den Weg freiräumen!

Mit seinen großen Vorderpfoten scharrte und

kratzte er Schnee und Geröll beiseite. Doch schon bald stieß er auf größere Felsbrocken, die sich ineinander verkeilt hatten. Die konnte auch er nicht aus dem Weg schaffen. Der große Hund grub an einer anderen Stelle, aber dort erging es ihm genauso. Nach dem fünften Versuch gab er es auf. Seine Pfoten waren wund gescheuert. Geknickt schlich Barny zu Christopher zurück. Er hasste es, nutzlos zu sein. Beschützen, Trösten und Freude machen waren für ihn die ureigensten Aufgaben eines Hundes. Nichts davon funktionierte gerade. Barny konnte das nur schwer aushalten. Christopher saß währenddessen bewegungslos in der Dunkelheit, an seinen Weihnachtsbaum gelehnt. Der Baum schwieg.

KAPITEL 8: DER HIRSCH HOLT HILFE

Wie erging es in der Zwischenzeit dem silbernen Hirsch? Als Carasmos seinen ersten Angriff startete, stand das Tier immer noch ganz oben auf dem Berg, am Anfang der Rampe. Er verfolgte ein wenig nervös den Aufbruch der letzten Tannenbäume und würde als letzter rutschen, so wie jedes Jahr. Seine Gedanken kreisten immer noch um den Alten von unten am Berg. Wo steckte er bloß? Dann sah er weit unten den Eisriesen über den Berg hereinbrechen wie eine Naturkatastrophe. Carasmos zog eine himmelhoch aufgetürmte, grauschwarze Wolkenwand hinter sich her. Genau über der Rampe zerschlug er sie mit einer langen Peitsche. Ein Wolkenbruch von Schnee,

Eis und Hagel entlud sich über dem Bergrücken. Die Rampe überzog sich mit Eis. Die Tannenbäume froren in Sekundenschnelle fest. Carasmos begann, sie rücksichtslos von der Rampe zu reißen und warf sie achtlos kreuz und quer auf einen Haufen. Der Hirsch konnte das Krachen hören und zuckte jedes Mal zusammen. Entsetzt erkannte er, wie ausweglos die Situation war. Ohne Hilfe konnten sie unmöglich gegen den Riesen bestehen. Wo blieb nur der Alte von unten am Berg?

Panisch überlegte das Tier, was es tun sollte. Doch wie der Hirsch es auch drehte und wendete, ihm fiel nur eine Möglichkeit ein: Er musste hinunter ins Tal. Irgendwo dort musste der Alte auf sie warten. Es sei denn… Der Hirsch zögerte kurz. Was, wenn dem Alten etwas passiert war? Wenn Carasmos ihn irgendwie überwältigt hatte und an einem einsamen Ort gefangen hielt? Unschlüssig trat das silberne Tier von einem Huf auf den anderen. In diesem Moment knallte Carasmos mit seiner Peitsche. Ein neuer Hagelschauer fegte heran. In kurzer Zeit würden alle Wege ins Tal vereist sein. Da galoppierte der Hirsch einfach los.

Von den Reisen der Jahre vorher wusste er, dass es einen anderen Abstieg ins Tal gab. Der Alte hatte ihn einmal erwähnt. Weit außen musste er an der Bergflanke entlangführen, steil, felsig und gefährlich. Für die Weihnachtsbäume war ein solcher Abstieg nie in Frage gekommen; sie hätten ihn mit Sicherheit nicht geschafft. Das Wildtier galoppierte durch die peitschenden Schnee- und Graupelschauer, die nun auch den Gipfel des Berges erreicht hatten. Woher hatte Carasmos nur diese neue Macht über Eis und Schnee? Die eisige Luft brannte in den Lungen. Die Kälte war unerträglich, selbst für ein Waldtier mit Fell. Carasmos war glücklicherweise voll und ganz damit beschäftigt, mit höhnischem Gelächter vereiste Tannenbäume von der Rampe herunterzureißen und zu einem Stapel aufzutürmen. Er schaute nicht nach oben, und so bemerkte den fliehenden Hirsch nicht.

Nach ein paar hundert Metern Galopp und ein wenig unschlüssigem Hin- und Hertraben fand der Hirsch, was er suchte: einen schmalen Einstieg in einen mit Steinen und Geröll bedeckten Pfad. Er lag gut versteckt zwischen zwei hohen Felsbrocken. Hastig zwängte sich der Hirsch hindurch. Der Weg war schwierig, nicht nur wegen des losen Gerölls, sondern auch wegen der vielen kleinen und größeren Felszacken, die scharfkantig aus dem Boden ragten. Zu allem Übel legten Eis und

Schnee eine immer dickere Decke über die Landschaft und machten den Pfad sehr rutschig. Normalerweise wäre der Hirsch hier mit äußerster Vorsicht hinuntergestakst. Doch die Zeit drängte, und so hüpfte und schlitterte er hastig bergab.

Anfangs ging alles gut. Doch schon bald kam es, wie es kommen musste: Der Hirsch machte eine Bruchlandung. Mit viel Schwung stolperte er über eine Felszacke, die er unter dem Schnee übersehen hatte. Er verlor den Halt, purzelte seitlich vom Weg einen steilen Abhang hinunter, überschlug sich mehrfach und rutschte die letzten hundert Metern wie ein herrenloser Schlitten ins Tal, wobei er verzweifelt zu bremsen versuchte. Zu guter Letzt rollte er über eine Kante, stürzte ein paar Meter senkrecht nach unten und landete endlich recht weich in einer aufgetürmten Schneewehe.

Schnaufend lag er eine Zeitlang da und überprüfte vorsichtig, ob sein Geweih und seine zierlichen Läufe noch heil waren. Dann stand er benommen auf, stakste schnaufend aus dem aufgetürmten Schneehaufen und schüttelte sich den Schnee aus dem Fell. Wo war er hier gelandet? Noch nicht ganz unten im Tal, soviel konnte er abschätzen. Anscheinend stand er auf einer kleinen Felsterrasse. Sie war etwa so groß wie ein halber Fußballplatz und, wie das Tier sofort sah, zum Teil künstlich in den Felsen hinein gehauen. An einem Ende führten hohe Stufen auf die Bergflanke. Am anderen Ende schlängelte sich ein Weg weiter bergab. Dem Hirsch gefiel das gar nicht. Der Ort sah aus wie ein Lagerplatz, und zwar der Lagerplatz eines Riesen. Die Stufen waren so breit und so groß, dass sie nur einer angelegt haben konnte: Carasmos! Anscheinend kam er häufiger hierher. Das bedeutete nichts Gutes. Der Hirsch stellte die Ohren auf und witterte. Was lagerte Carasmos hier, und wohin transportierte er es ab?

Im nächsten Moment beantwortete sich die Frage von selbst. Die Erde begann zu beben, erst ganz leicht, dann immer stärker unter nur allzu bekannten, schweren Schritten. Mehrere Schneebretter lösten sich oben am Berg und stürzten über die Kante herab auf die Felsterrasse. Die Kälte nahm um ein paar Minusgrade zu. Das Schneetreiben verdichtete sich, und der Sturm heulte lauter. Carasmos war im Anmarsch! Aufgeschreckt sah sich der Hirsch um. Er musste sich verstecken! Zum Glück hatte der herabstürzende Schnee seine Hufspuren so gut wie überdeckt. Ihm selbst blieb nur eine Wahl. Mit allen

Vieren sprang er tief in die Schneewehe, aus der er eben erst aufgestanden war. Hastig schaufelte er Schnee über sich. Am Ende spitzten nur seine Geweihenden wie kleine Zweige aus dem weißen Hügel.

Der Eisriese polterte heran. Er stapfte die Treppen hinab, wobei er laut keuchte und schnaufte. Offensichtlich trug er etwas Schweres. Dann stand er still. Der Hirsch hielt den Atem an. Hatte Carasmos ihn entdeckt? Gleich darauf krachte etwas auf den Boden. Erschrocken zuckte das Waldtier zusammen und duckte sich tiefer in den Schnee. Carasmos murmelte etwas vor sich hin, was der Hirsch nicht verstehen konnte, und machte sich an irgendetwas zu schaffen. Kurz Zeit später trampelte der Riese die Treppen wieder hinauf und seine schweren Schritte entfernten sich. Das Heulen des Sturms ließ nach.

Nach einer Weile lugte der Hirsch vorsichtig aus seinem Schneehaufen heraus. Ihm bot sich ein trauriger Anblick. Mehrere große Bündel Tannenbäume lagen da achtlos hingeworfen an der Felswand neben der Treppe. Ihre Äste waren struppig gefrorenen und viele von ihnen abgeknickt. Manche waren sogar vollständig vom Stamm abgebrochen. Mit einem Satz sprang das Waldtier aus der

Schneewehe. Er musste helfen! Die Tannenbäume waren mit einem dicken Seil zu Bündeln von etwa zwanzig Bäumen zusammengeschnürt. Das Seil war mehrfach verknotet. Unmöglich, diesen Knoten zu lösen! Er musste das Seil durchnagen. Beherzt biss der Hirsch zu. Das Seil war bereits hart gefroren. Seine Zähne fanden zunächst keinen Halt, und er rutschte mehrfach ab. Dann zerrissen die ersten Fasern und das Nagen ging leichter. Aber als er etwa die Hälfte des Seils durchgekaut hatte, kehrten die schweren Schritte zurück.

KAPITEL 9: NOCH EINE HÖHLE

Für die Schneewehe blieb keine Zeit mehr. Der Hirsch kroch hinter die aufgestapelten Tannenbäume und drückte sich, soweit es ging, in das gefrorene Grün. Im nächsten Moment krachte eine weitere Ladung Weihnachtsbäume polternd über ihm auf den Stapel, so dass dem Hirsch fast die Trommelfelle platzten und er Angst hatte, zerquetscht zu werden. Zum Glück bewegten sich die unteren Bäume nicht vom Fleck – wie sollten sie auch? „So, das war´s für dieses Jahr", hörte der Hirsch Carasmos mit sich selbst reden. Der Eisriese klang äußerst zufrieden. „Nun noch diesen Menschenjungen und seinen Baum, dann habe ich alle erwischt! Abtransportieren werde ich sie später." Carasmos lachte so böse und triumphierend, dass sich das Fell des Hirsches unwillkürlich sträubte. Dann machte sich der Unhold wieder auf den Weg.

Als seine unheilvollen Schritte endlich verklungen waren, wagte sich das Tier aus seinem Versteck hervor. Der traurige Baumstapel war jetzt doppelt so hoch. Carasmos hatte tatsächlich alle Tannen erwischt. Nur Christopher war offensichtlich mit seinem Weihnachtsbaum entkommen. Das machte den Hirsch einen Augenblick froh, aber nicht sehr lange, denn schließlich war Carasmos dem Jungen auf den Fersen. Hoffentlich fand Christopher einen Ausweg! Energisch fing der Hirsch wieder an, am Seil zu nagen, hielt aber schon nach kurzer Zeit inne. Was nutzte es, wenn er das Seil durchbiss? Die Bäume konnten sowieso nicht entkommen, schockgefrostet und verletzt, wie sie waren. Er musste weiter, zum Alten von unten am Berg, und Hilfe holen, wenn es die noch gab. Er würde den breiten Weg nehmen, den Carasmos wohl für den Abtransport der Bäume benutzen wollte, und hoffen, dass er darauf irgendwie ins Tal kam. Hier konnte er jedenfalls nicht bleiben. „Ich komme wieder", versicherte das Waldtier den gefesselten Bäumen und bemühte sich, zuversichtlich zu klingen. „Ich komme wieder und bringe Hilfe mit."

Mit diesen Worten galoppierte er auf den breiten Weg am anderen Ende der Felsterrasse zu. Das Schneetreiben war immer noch so dicht, dass er nicht sehr weit sehen konnte. Der Weg führte nur leicht bergab. In großen Windungen zog er sich an den Felshängen entlang. Der Hirsch kam zügig voran. Er lief in dem schnellen Trab, in dem Wildtiere große Strecken zurücklegen können. Viele Minuten lang dachte er an nichts außer daran, möglichst schnell ins Tal zu kommen. Das einzige Geräusch, das er hörte, war sein eigenes Schnaufen; alles andere verschluckte der fallende Schnee. Dann begann er, sich wieder Sorgen um Christopher zu machen. Ob Carasmos ihn schon erwischt hatte? Plötzlich umrundete der Weg in einer engen Rechtskurve einen Felsvorsprung und mündete in ein kleines Tal, das an drei Seiten von hohen Felswänden begrenzt wurde. Eine Sackgasse!

Der Hirsch trabte langsam aus. Dieser Ort gefiel ihm gar nicht. Wieso endete der Weg hier? Seine Ohren zuckten nervös und alle seine Instinkte warnten ihn, dass Gefahr drohte. Doch was sollte er tun? Umkehren konnte er nicht, ohne Carasmos direkt in die Arme zu laufen. Also konnte er genauso gut herausfinden, was der Eisriese hier so trieb. Durch die Schneeschleier konnte er die Felswand am Ende des Tals nur undeutlich erkennen. Vorsichtig ging er darauf zu. Die Wand sah anders aus als der schwarze Fels rechts und links des Tals. Sie war glatter, schmutzig grau und wirkte wie ein riesenhafter, gefrorener Wasserfall aus Eis – ein Gletscher! Im Lauf von Jahrtausenden hatte er sich zwischen den beiden anderen Bergen vorgeschoben, bis seine Bewegung erstarrt war. Am Fuß dieses Eismassivs gähnte ein schwarzes Loch, eine Höhle vielleicht oder...nein, ein Tor! Ein riesenhaftes Tor war dort in den Berg eingelassen. Dieser Gletscher beherbergte ein Geheimnis, soviel war sicher. Etwas, das so wichtig war, dass Carasmos es mit einem schweren Tor aus dunklem Eichenholz verschlossen hatte.

Tapfer ging der Hirsch näher heran. Als er direkt vor dem Tor stand, kam er sich dagegen winzig und zerbrechlich vor. Die beiden riesigen Torflügel hatten schwarze Beschläge aus Eisen. Ein dicker Riegel, in etwa so groß wie ein Mammutbaum, lag zurückgeschoben auf seinen klobigen Halterungen. Carasmos musste heute schon hier gewesen sein. Der eine Torflügel stand leicht offen. Der silberne Hirsch witterte. Was würde er in der

Höhle finden? Wohnte Carasmos hier? Vorsichtig, ganz vorsichtig steckte er seinen silbernen Kopf durch den Spalt, wobei seine schwarze Nase immer weiter unruhig schnupperte. Arktische Kälte schlug ihm entgegen. Hinter dem Tor war es wie in einer Gefriertruhe. Doch die Zeit drängte, und so zögerte der Hirsch nicht länger. Beherzt zwängte er sich ganz durch den Spalt.

Das Licht, das durch den Türspalt fiel, zeichnete eine breite helle Linie auf den Boden. Dahinter lag alles im Dunkel. Nur das silberne Fell des Hirsches schimmerte leicht. Aber das reichte nicht, um die Höhle auszuleuchten. Leider besaß der Hirsch keine Superkräfte wie in Christophers Adventsgeschichten. Einen scheinwerferartigen Leuchtstrahl hätte er jetzt gut gebrauchen können. Wie sorgte Carasmos hier drinnen für Licht?

Suchend sah das Tier sich um. Rechts neben dem Tor war eine Art Regal in den Felsen gehauen, das der Hirsch im Licht des Türspalts gerade noch erkennen konnte. Auf mehreren grob behauenen Fächern lagerte Carasmos offensichtlich Werkzeug, Seile und andere nützliche Dinge. Leider konnte der Hirsch nur das unterste Fach erreichen. Hier fand er Schuhbürsten, die größer waren als jeder Besen in der Menschenwelt, bettdeckengroßen Putzlappen und Dosen mit Schuhcreme, die man auch als Regentonne hätte verwenden können. Keine Taschenlampe, keine Fackel, keine Kerze. Verärgert schimpfte der Hirsch vor sich hin. Ihm wurde immer kälter. Gegen diese Kühlhaus-Temperaturen konnte sein Fell nur wenig ausrichten. Schließlich fiel ihm ein herabhängender Seilzug auf, den er bisher übersehen hatte. Das dicke Tau baumelte irgendwo von der Decke herunter und endete in einer Schlinge knapp über seinem Kopf. Der Hirsch seufzte. Ihm blieb wirklich nichts erspart! Missmutig erhob er sich auf die Hinterbeine und war sehr froh, dass ihn niemand sehen konnte. Kein Huftier, das etwas auf sich hielt, lief jemals auf zwei Beinen. So etwas taten nur Murmeltiere und Erdmännchen, und die konnte man ja wirklich nicht ernst nehmen. Dann biss er mit aller Kraft in die Schlinge und ließ sich nach unten fallen. Über seinem Kopf, hoch oben im Dunkeln machte es „klick". Leuchtröhren flackerten an der Höhlendecke auf und kühles Neonlicht erfüllte den Raum.

KAPITEL 10: HOFFNUNG KOMMT AUF

In der anderen Höhle, ganz im Dunkeln und lebendig begraben unter Massen von Eis und Schnee, wurde Christopher zum dritten Mal wütend. Diesmal wurde ihm sogar warm vor Wut, was gar nicht schlecht war unter diesen Umständen. Was war das für ein schreckliches Auf und Ab? Kaum glaubte man sich gerettet, steckte man schon wieder in Schwierigkeiten. Und was konnte dieser Carasmos ernsthaft gegen Weihnachtsbäume haben? Das war fast so, als würde man etwas gegen Blumen im Frühling haben oder gegen Eis von der Eisdiele im Sommer. Bitte, wenn er es so haben wollte...Dann würde Christopher ihm jetzt gehörig einheizen.

Der Junge stand auf, ein bisschen steifbeinig vom

langen Sitzen in der Kälte. „Du hasst also Weihnachten, Carasmos? Wirklich?", schrie er so laut er konnte, so dass Barny und der Weihnachtsbaum erschrocken zusammenzuckten. „Dann viel Spaß jetzt!"

Mit diesen Worten stimmte Christopher ein Weihnachtslied an. „Oh Tannenbaum", schmetterte er mit seiner schönsten Singstimme, lauter als er je zuvor gesungen hatte. Endlich zahlte es sich aus, dass seine Eltern ihn seit Jahren jeden Donnerstag im Kirchenchor singen ließen. Nach Meinung des Chorleiters hatte er nicht nur eine schöne, sondern auch eine besonders kräftige Stimme. Und jetzt sang er, als müsste er einen ganzen Dom allein mit seiner Stimme füllen. „Oh Tannenbaum, wie grün sind deine Blätter!" Christopher dachte an all die struppigen und vereisten Tannenbäume auf der Rampe, und er sang auch für sie, selbst wenn sie es nicht hören konnten. Nach der letzten Strophe ging er sofort über zum nächsten Lied. Er kannte unzählige Weihnachtslieder, und Carsasmos sollte sie alle hören! „Sing ‚Am Weihnachtsbaum die Lichter brennen`", meldete sich Barny. Er klang begeistert. Hunde können nicht lange getrübter Stimmung sein. Sie stürzen sich sofort auf das kleinste Fünkchen Lebensfreude, und Barny machte da keine Ausnahme. Seit Christopher mit Singen angefangen hatte, dachte Barny an seinen Weihnachtsknochen und wie er ihn genüsslich unter dem Weihnachtsbaum verspeiste. Ihm lief schon das Wasser im Maul zusammen. Christopher stimmte die erste Strophe an: „Am Weihnachtsbaum die Lichter brennen, wie glänzt er festlich, lieb und mild!" Auch sein eigener Weihnachtsbaum, der im Dunkeln an der Höhlenwand lauschte, fühlte sich schon viel besser. Ja, eigentlich fühlte er sich richtig gut. Er spürte, wie ihm neue Kraft durch die Nadeln strömte. Ein bisschen fühlte es sich an wie im Frühling. Der Baum streckte sich und schüttelte leicht die Äste. Wurde es nicht auch wärmer?

Christopher sang und sang. Und je länger er sang, desto mehr veränderte sich tatsächlich etwas, auch wenn die drei Freunde in der Höhle das zunächst gar nicht merkten. Der Wind, der sich davor heulend gegen den Berg geworfen hatte, schwächte sich ab. Die Schneeflocken, die wie eine grauweiße Wand alles unter sich begraben hatten, fielen immer leichter, bis sie schließlich fröhlich umherwirbelten. Die grimmige Kälte machte einer winterlichen Frische Platz, bei der man an Schlittenfahrten und Schneeballschlachten denken musste. Chris-

topher merkte immer noch nichts von alledem. Mittlerweile sang er „In der Weihnachtsbäckerei".

Aber weit oben auf dem Berg, da stand einer, der
merkte diese Veränderungen, und sie gefielen ihm gar
nicht: Carasmos! Der Riese war entsetzlich wütend.
Seine Wut wuchs mit jedem Ton, der in die ruhiger werdende
winterliche Welt hinausklang. In seinen Ohren hörte sich
Christophers Gesang an wie das Kreischen einer Kreissä-
ge oder das Quietschen eines Zuges, der zum Stillstand
kommt. Grässlich, diese Weihnachtslieder, einfach grässlich! Carasmos taten schon die Trommelfelle weh. Was
dachte sich dieser Junge eigentlich?

Wie ein Yeti sah der Riese nicht aus. Aus der Ferne wirkte eher wie ein entsetzlich großer alter Mann, der
entsetzlich schlechte Laune hatte, sozusagen die zu groß
geratene, bösartige Winterversion von Gandalf, dem
Zauberer. In seinem struppigen, verwilderten Bart hingen
meterlangen Eiszapfen. Kirchturmgroß und breitbeinig
stand er da, in einen braunen Umhang gehüllt, dessen
schmutzige Kapuze er tief in die Stirn gezogen hatte. Sein
Gesicht konnte man nur zur Hälfte sehen. Es war lei-
chenblass und verzerrt vor Ärger. Es zuckte und verzog
sich ständig, so als ob Carasmos vor innerer Anspannung

fast zu platzen schien und sich nur mühsam beherrschen konnte. Die Gereiztheit und Streitsucht, die der Riese ausstrahlte, waren kaum auszuhalten. Eigentlich wirkte Carasmos wie der Weihnachtsstress in Person. Hätte man alles, was an Weihnachten schieflaufen konnte – also Ärger, Streit, Stress, schlechte Laune und Chaos – in eine einzige Person gepackt, wäre Carasmos herausgekommen. Er war wie ein Anti-Weihnachtsmann, das Gegenteil von allem, was an Weihnachten schön und friedlich war.

In seiner Hand hielt der Riese eine entsetzlich lange Peitsche mit drei schwarzen Lederriemen, jeder so lang wie ein Feuerwehrschlauch. Unten in der Höhle stimmte Christopher ein neues Lied an. Diesmal war es „Jingle Bells". Carasmos spuckte angewidert aus und ließ seine Peitsche knallen. Weit schwang sie über den Berg. Carasmos knallte noch einmal, rührte die Schneewolken auf und trieb den Wind zu neuem Heulen an. Immer wieder knallte die Peitsche, bis der Sturm lauthals tobte und der Schnee in Hagel überging. Die Temperatur fiel wieder weit unter Null. Dann stieß Carasmos den Peitschenstiel mit aller Kraft auf den Boden. Gehorsam löste sich oben am Berg eine Lawine und rumpelte ins Tal.

In der Höhle duckten sich die drei Freunde enger

zusammen, als die Schneemassen über sie hinwegpolter-
ten. Christopher verschluckte sich vor Schreck und hörte
hustend auf, zu singen. Sofort machte sich Mutlosigkeit
breit wie eine tückische Seuche. Barny winselte. Der
Weihnachtsbaum ließ die Zweige hängen. Hatte er sich
eben noch wie im Frühling gefühlt, so kam es ihm nun
vor, als habe man ihn gerade auf den Kompost geworfen.
Es gab wohl keine Hoffnung mehr. Mit dumpfer Stimme
verkündete die Tanne: „Carasmos gewinnt. Dieses Jahr
gewinnt er."

KAPITEL 11: EIN TRAURIGER FUND

Zur gleichen Zeit, aber glücklicherweise weit entfernt von Carasmos, kniff der silberne Hirsch die Augen zusammen. Das plötzliche Neonlicht blendete ihn. Als er einen erneuten Blick riskierte, sträubte sich sein Fell vor Schreck - was bei Hirschen äußerst selten vorkommt.

Die Höhle war riesig. Carasmos musste sie selbst in den Gletscher hineingehauen haben, denn sie war sehr gleichmäßig und etwa so groß wie ein Fußballstadion. Allerdings sah sie mehr aus wie eine Lagerhalle oder ein Kühlhaus. Vom Boden bis zur Decke türmten sich überall riesige Eisblöcke. Jeder von ihnen war etwa so groß wie eine mittelgroße Garage. Die Blöcke waren unordentlich aufeinandergestapelt und es sah aus, als könnten manche jeden Moment hinunterkippen. Und jeder dieser Eisblöcke war ein eisiges Gefängnis für eine Gruppe verschnürter, starr gefrorener Weihnachtsbäume.

Diesen trostlosen Anblick musste der Hirsch erst einmal verdauen. Hier lagerte also Carasmos Beute der letzten Jahre. Wie viele Weihnachtsbäume er hier wohl gefangen hielt in ihrem schrecklichen Kälteschlaf? Es mussten hunderte sein, vielleicht sogar Tausende. Langsam trottete der Hirsch die Eistürme entlang. Carasmos hatte die Bäume tatsächlich nach Jahreszahlen gestapelt, die er mit weißer Farbe schlampig auf den jeweils untersten Block eines Stapels geschmiert hatte. Das machte alles noch schlimmer. Man konnte deutlich erkennen, dass Carasmos von Jahr zu Jahr immer mehr Bäume erbeutet hatte. Der Hirsch lief immer weiter in die Höhle hinein. Nach sechzig Jahren riss die Reihe plötzlich ab. Keine Eisblöcke mehr, keine Bäume, als ob Carasmos davor nicht existiert hatte.

Der Hirsch setzte sich auf seine Hinterbeine – was Hirsche eigentlich niemals taten und auf jeden Fall nur, wenn sie gar nicht mehr weiter wussten. Er war müde. Was sollte er jetzt tun? Ein großes Feuer machen und alle Eisblöcke irgendwie auftauen? Aber womit? Hier gab es weder Holz noch ein Feuerzeug, und außerdem hatte er noch nie ein Feuer gemacht. Carasmos würde sicher bald hier auftauchen mit den diesjährigen Weihnachtsbäumen unter dem Arm. Dann würde er sie alle zusammen vereisen und die Reise der Weihnachtsbäume beenden – vielleicht für immer. Noch nie zuvor hatte Carasmos alle Bäume erwischt. Noch nie war er so stark gewesen. Lebten die Bäume in den Blöcken noch? Was war nur mit dem Alten von unten am Berg? Und was war mit Christopher?

Während der Hirsch mutlos herumsaß, rappelte sich Christopher in der anderen Höhle gerade ein letztes Mal auf. Auch wenn es kaum noch Hoffnung gab, er würde Carasmos bis zum Ende das Leben schwermachen. Alles war besser als diese grauenhafte Mutlosigkeit, die in der Höhle herrschte, seit er mit dem Singen aufgehört hatte. Sollte er hier trübselig herumsitzen, bis sie entweder verhungerten oder erfroren? Also stimmte Christopher das Lied an, bei dem er selbst immer am meisten in Weihnachtsstimmung kam: „Driving Home for Christmas", den uralten Popsong von Chris Rea. Von seinen Freunden kannte keiner dieses Lied. Auf den meisten

Weihnachts-CDs tauchte es nicht mehr auf, aber Christopher mochte es sehr. Als er kleiner war, hatte er es gemeinsam mit seiner Mutter beim Plätzchenbacken rauf und runter gehört. Später lief es immer dann, wenn der Weihnachtsbaum geschmückt wurde, und zwar die ganze Zeit in einer Endlosschleife. Darauf bestand Christopher, auch wenn es seinem Vater manchmal etwas viel wurde.

Den Baum schmückten sie immer gemeinsam: Sein Vater war für die Lichterketten zuständig, Christopher für die silbernen Kugeln und ganz besonders für unzählige weiße Glasvögel. Jeder von ihnen musste einen besonders schönen Platz finden. Manchmal braucht Christopher dafür so lange, dass sein Vater schon auf dem Sofa einschlief. Diese Vögel kannten den Text von „Driving Home for Christmas" vermutlich längst auswendig - zumindest hatte Christopher sich das als Kind eingebildet.

An all das dachte er jetzt, als er das Lied mit möglichst viel weihnachtlichem Schwung zu singen versuchte. Doch so richtig wollte das nicht klappen. Während er sang, bekam er furchtbares Heimweh. Er wünschte, er würde wirklich „zu Weihnachten nach Hause fahren" wie es das Lied beschrieb, weit weg von Carasmos und all dem Elend im Land der Weihnachtsbäume. So klang das

Lied eher wehmütig als voller Vorfreude. Barny schien das nicht zu stören. Er kam schon bei den ersten Takten in Stimmung, stellte begeistert die Ohren auf und klopfte mit seinem Schwanz im Takt auf den Boden. Christophers Weihnachtsbaum hörte nur zu.

Oben am Berg begann Carasmos zu toben. „Dieser verdammte Junge", fluchte er, „gibt der denn niemals Ruhe? Dann werde ich ihn wohl zum Schweigen bringen müssen."

Wütend schulterte er seine Peitsche und begann, den Berg hinunter zu steigen. Felsbrocken lösten sich unter seinen Schritten und rollten ins Tal. Der Schnee dämpfte das Geräusch, aber Barny hörte es trotzdem. Lauschend legte er den Kopf schief. Christopher, der sich langsam wieder beruhigt hatte, merkte nichts und sang weiter. Carasmos stapfte bergab. Er murmelte böse vor sich hin, und sein Gesicht zuckte schlimmer denn je. Er kam näher und näher, und schließlich spürte auch Christopher, wie die Erde unter seinen Füßen zu beben begann. Barny sprang auf und fletschte knurrend die Zähne. Für einen Riesen wie Carasmos würde es nicht lange dauern, den Eingang der Höhle freizuschaufeln. Jetzt war er nicht mehr weit weg. Nur noch ein paar hundert Meter vielleicht… Barny begann zu bellen. Er bellte und knurrte aus Leibeskräften und war wild entschlossen, sich sofort auf Carasmos zu stürzen und ihn ins Bein zu beißen – mindestens!

Aber Carasmos hatte ganz andere Sorgen. Er hörte Barny gar nicht. Plötzlich rauschte und flatterte es um seinen Kopf herum wie eine Horde wild gewordener Schwäne. Erstaunlich große, weiße Vögel stießen im Sturzflug aus dem Himmel herab und sausten über Carasmos hinweg. Der eine oder andere Flügel traf ihn am Kopf, was ziemlich weh tat und Carasmos fast aus dem Gleichgewicht brachte. Sein Hut fiel zu Boden. Wo zum Henker kamen diese Tiere her? Carasmos fuchtelte wild mit den Armen und versuchte, sie zu packen, aber sie waren zu schnell für ihn. Außerdem stießen sie schrecklich helle Rufe aus, wie Adler oder Bussarde, nur viel lauter. Es klang fast wie ein Glockenspiel, wie eine Melodie, ja, irgendetwas schrecklich Weihnachtliches… Carasmos taten die Trommelfelle weh. Sein Kopf begann zu schmerzen. Er hielt sich die Ohren zu und schrie „Aufhören, sofort aufhören!". Seine Peitsche fiel dabei auf den Boden. Aber die Vögel dachten gar nicht daran, aufzuhören. Im Gegenteil: Sie riefen immer lauter, so dass Carasmos ganz verrückt davon wurde. Seine Kopfschmerzen wurden unerträglich. Schließlich kam, was kommen musste: Er wurde entsetzlich wütend. Zornig stampfte er auf den Boden, mit aller Macht und so fest er konnte. „Hört sofort auf! Aufhören, habe ich gesagt!" Am Ende trampelte er mit beiden Beinen wie ein Irrsinniger auf dem Berg herum, schimpfte und tobte und platzte fast vor Wut. Um ihn herum lösten sich zahlreiche Lawinen, und immer größere Felsbrocken polterten ins Tal. Aber die Vögel hörten nicht auf. Dann, ganz plötzlich, zerriss ein scharfer Knall die Luft wie ein Schuss aus einem Gewehr. Jetzt ging alles sehr schnell. Unter Carasmos Füßen zog sich ein gezackter Riss über den Berg. In rasender Geschwindigkeit wichen die Ränder auseinander, wie bei einer Erdbebenspalte, die immer breiter wird - und genau das war Carasmos Trampelei ja auch irgendwie gewesen: ein ziemlich heftiges Erdbeben. Der Riese stand schwankend über der Spalte und ruderte hektisch mit den Armen, wobei er seine Beine immer weiter grätschen musste. Die Vögel flatterten noch dichter um ihn herum und versuchten, ihn weiter aus dem Gleichgewicht zu bringen. Carasmos taumelte. Dann rutschte auf einmal der halbe Berg unter seinen Füßen ab. Massen von Erde, Schnee und Steinen brachen unter ihm weg und wälzten sich in einem riesigen Erdrutsch zu Tal. Carasmos wurde mitgezogen. Er verlor den Halt, fiel hin und spürte, wie es ihn nach unten riss. Zum ersten Mal trat so etwas wie Angst in sein Gesicht. Doch so leicht gab sich der Eisriese nicht geschlagen.

KAPITEL 12: EIN BÖSER SCHACHZUG

Mit letzter Kraft warf sich Carasmos bergaufwärts. Verzweifelt streckte er seine langen Arme aus und bekam einen riesenhaften Findling zu fassen, der oberhalb der Gefahrenzone stehen geblieben war. Carasmos meterlange Beine baumelten nun hilflos über einer Steilwand. Doch der Riese war zäh wie eine alte Katze. Mit zusammengebissenen Zähnen zog er sich hoch, Stück für Stück, Meter für Meter. Er war jetzt noch wütender, wenn das überhaupt möglich war, und die flatternden Vögel waren ihm vollkommen egal. Kaum hatte er sich das letzte Stück über den Rand gezogen, sprang er auf die Füße. „Ihr werdet mich kennenlernen", schrie er so laut, dass Christopher und Barny unten in der Höhle erschrocken die Köpfe einzogen. Auch die Vögel wurden einen Moment unsicher. Carasmos war nicht mehr zu halten. Er packte den Findling, an dem er sich eben noch hochgezogen hatte, mit beiden Händen. Ächzend zog und riss er und stemmte sich mit aller Macht gegen den großen Felsbrocken, der selbst für einen Riesen ein gehöriges Gewicht hatte. Schließlich gab der Findling nach. Triumphierend und schnaufend wuchtete Carasmos ihn über den Kopf. „Ich weiß, dass ihr da unten seid", schrie er. „Und jetzt nehmt das!" Mit diesen Worten ging er in die Knie und stieß den Felsen wie ein wahnsinniger Kugelstoßer so weit er konnte ins Tal.

Der große Brocken flog durch die Luft wie ein Meteorit. Die Wut hatte Carasmos Kraft verdoppelt, und er hatte gut gezielt. In einem weiten Bogen sauste der Fels auf die Höhle zu, und lange Zeit sah es so aus, als würde er sie direkt treffen. Dann wäre es vorbei gewesen mit Christopher und seinen Freunden. Doch sie hatten Glück. Haarscharf, ganz haarscharf verpasste der Brocken sein Ziel. Er streifte nur den Eingang der Höhle und riss bei seinem Einschlag einen Großteil der Eisbrocken und

Felsen weg, die den Zugang versperrt hatten. Barny, Christopher und der Weihnachtsbaum hörten nur ein unglaublich lautes Krachen und wurden gehörig durchgeschüttelt. Dann flutete plötzlich helles Tageslicht in das finstere Versteck. Der Felsbrocken, der fast all sein Tempo beim Aufprall verloren hatte, wälzte sich träge noch ein paar Meter weiter und blieb dann müde liegen.

Gleichzeitig kam der Erdrutsch unten im Tal endlich zum Stillstand. Erde und Felsen schoben sich knirschend und ächzend übereinander und bildeten einen riesenhaften Hügel, sehr zur Freude mehrerer Murmeltierfamilien. Nachdem diese ihren Schock überwunden hatten, belegten sie ihn nämlich wenige Tage später mit Beschlag. Sie durchzogen ihn von oben bis unten mit Gängen und bauten ihn zu einer regelrechten Festung aus. Dieser Vorposten erlaubte es ihnen, weit ins Land zu schauen und sich ganz und gar sicher zu fühlen.

Doch jetzt herrschte zunächst Totenstille. Es war, als hielten der Berg und alle Lebewesen, die sich auf ihm befanden, den Atem an. Carasmos fasste sich als erster. Er schnappte sich seine Peitsche, die immer noch da lag, wo sie ihm aus der Hand gefallen war. Blitzschnell schwang er sie durch die Luft und nutzte die allgemeine

Verwirrung für einen boshaften Schachzug, der ihm wieder einen Vorteil verschaffte.

Als nächstes, unten in der Höhle, kam Bewegung in Barny. Nach der langen Zeit in Enge und Dunkelheit konnte er es nicht erwarten, in die Freiheit zu kommen. „Gassi gehen", japste er begeistert und stürzte sich nach draußen. Tatsächlich war er sehr erleichtert. Die ganze Zeit, während Christopher sang, hatte er sich Gedanken gemacht, was passieren würde, wenn er wirklich Gassi gehen musste. Wie sollte er das in der versperrten Höhle erledigen? Unbekümmert sprang er hierhin und dorthin, schnüffelte und war einen Moment lang einfach nur ein ganz alltäglicher Hund. Doch dann stand er auf einmal still. Etwas stimmte nicht. Beunruhigt hob er den Kopf, stellte die Ohren lauschend auf und sah sich um. Eine Mondlandschaft aus Schlamm und Geröll umgab ihn. Der Weg, den sie gekommen waren, war nicht mehr zu erkennen. Unterhalb der Höhle lag der riesige Felsbrocken, den Carasmos geworfen hatte. Carasmos! Der war ja immer noch da. Der Hund schaute den zerstörten, mit Schutt übersäten Berghang hinauf. Dann fletschte er die Zähne. Sein zotteliges Fell sträubte sich und ein tiefes, drohendes Knurren kam aus seiner Kehle.

Dort, hoch oben am Berg, stand Carasmos. Unter ihm, wo die Bergflanke abgerutscht war, klaffte eine mehr als zweihundert Meter hohe Steilwand wie eine frische Wunde im Felsen. Der Riese hielt seine Peitsche in beiden Händen und sah aus wie ein Angler, der einen großen Fisch an Land zieht. Nur, dass der Fisch ein großer weißer Vogel war und die Schnur der Peitsche sich um seinen Hals gewickelt hatte. Das Tier bekam offensichtlich kaum Luft. Es schlug verzweifelt mit den Flügeln, stemmte die Krallen in den Boden und versuchte, sich loszureißen. Doch jede Bewegung zog die Schnur nur enger. Carasmos schien das Spaß zu machen. Er lachte hämisch und zog den Vogel immer näher zu sich heran. Andere weiße Vögel waren überall auf dem Berghang verstreut. Sie traten unsicher von einem Fuß auf den anderen und sahen aus, als wüssten sie nicht genau, was sie jetzt tun sollten.

Barny erfasste die Lage sofort. Mit dem feinen Instinkt eines Hundes spürte er, dass die Vögel Freunde waren und keine Feinde. Sie erinnerten ihn sehr an… ja, an wen nur? Jedenfalls kamen sie ihm bekannt vor. Einen Moment schweiften seine Gedanken ab. Dann schüttelte er sich. Jetzt war keine Zeit zum Nachdenken. Carasmos schien zu allem bereit. Irgendetwas würde der Unhold tun, und zwar schnell und überraschend, etwas Böses, mit dem anständige Tiere und Menschen nicht rechneten. Barny beschloss, lieber nicht darauf zu warten. In großen Sätzen sprang er den Berghang hinauf, immer darauf bedacht, in Carasmos Rücken zu bleiben, damit der Riese ihn nicht kommen sah. Zum Glück war Carasmos voll und ganz mit dem Vogel beschäftigt. Barny jagte außen an der Steilwand nach oben. Das erinnerte ihn an den Steinbruch zu Hause, tief im Wald, wo er immer an die Leine genommen wurde, damit er nur ja nicht aus Versehen über den Rand stürzte und in die Tiefe fiel. Ein bisschen mulmig war dem Hund schon zumute. Aber irgendeinen Sinn musste es ja haben, dass er hier war, und irgendjemand musste diesem Carasmos mal gehörig einheizen. Also rannte Barny mutig weiter.

KAPITEL 13: UM HAARESBREITE

Carasmos, der ganz auf seinen Gefangenen konzentriert war, sah Barny nicht kommen. Doch die weißen Vögel, die sahen den Hund heranjagen. Wie alle Vögel, auf die ein riesenhaftes Tier zu rennt, gerieten sie in helle Aufregung. Sie flatterten auf wie ein Taubenschwarm vor der Stadtreinigung und wurden völlig kopflos. Panisch schlugen sie mit den Flügeln, flogen wild durcheinander und manche von ihnen stießen sogar in der Luft zusammen. Carasmos wurde völlig überrumpelt. Erstaunt stand er in dem Vogelgestöber, und für einen ganz kleinen Moment wurde er unaufmerksam. Das reichte. Im nächsten Augenblick kam Barny bei ihm an. Der große Hund sprang aus vollem Lauf auf den Rücken des Riesen und warf ihn um. Im Fallen lockerte sich Carasmos Griff um die Peitsche. Der gefangene weiße Vogel zögerte keine Sekunde. Er riss mit dem Schnabel an der Schnur, zog die Peitsche aus Carasmos Hand und flatterte in die Luft, wobei er die Peitsche mit sich zog. Triumphierend segelte er davon und mit ihm Carasmos ganze Macht über Eis und Schnee.

Der Riese fluchte. Auf dem Boden liegend warf er sich blitzschnell herum und stieß Barny von sich, bevor der sich in seinem Bein verbeißen konnte. Gleichzeitig begriffen die weißen Vögel, dass ihnen keine Gefahr von dem großen Hund drohte. Sie sammelten sich in Windeseile. Barny rappelte sich auf. Carasmos sprang ebenfalls auf die Füße. Suchend sah er sich nach etwas um, mit dem er den Hund in Schach halten konnte. Als er nichts fand, hob er einen salatkopfgroßen Stein vom Boden auf und warf ihn auf Barny. Der duckte sich, zum Glück, denn sonst hätte der Stein seine Schnauze getroffen. Doch schon warf Carasmos den nächsten Brocken, und der saß leider. Barny jaulte laut auf. Der Stein hatte seine Hinterpfote getroffen. Carasmos ballte triumphierend die Faust. Hektisch tastete er nach einem weiteren Stein, behielt aber den Hund dabei im Auge. Barny machte einen

Schritt auf ihn zu, doch seine Hinterpfote knickte weg. Carasmos wich dennoch unwillkürlich zurück – ein kleines bisschen nur, aber plötzlich stolperte er. Nicht etwa über einen Stein, nein, ganz und gar nicht. Carasmos stolperte über einen vorwitzigen, ein wenig ungeduldigen und sehr mutigen weißen Vogel, der gerade herangeflogen war, um den Riesen ordentlich in die Kniekehle zu zwicken. „Autsch!", schrie Carasmos, den so ein Zwick von einem schwanengroßen Vogel tut auch einem Eisriesen ordentlich weh. Tja, und deshalb stolperte er, im Rückwärtsgang sozusagen, und dabei machte er den einen entscheidenden Schritt zu viel. Barny sah noch sein erstauntes Gesicht, als der Riese nach hinten ins Leere trat, dann war er weg.

Der Hund vergaß seinen Schmerz und sprang an den Rand der Steilwand. Er sah Carasmos fallen wie eine riesige dunkle Spinne, auf dem Rücken, wild mit Armen und Beinen rudernd. Sein grauer Mantel blähte und bauschte sich flatternd. Sein Gezappel brachte ihm natürlich gar nichts, im Gegenteil: Am Ende fiel der Riese kopfüber. Dann schlug er auf dem Boden auf. Doch wer erwartet hatte, er würde dort nun aufprallen und liegen bleiben wie eine verrenkte Schaufensterpuppe, der hatte sich geirrt. Carasmos bot ein großartiges Schauspiel. Mit voller Wucht rammte er in den Boden und gab dabei ein lautes Klirren von sich. Seine lange Gestalt wurde mit einem Schlag durchsichtig wie Glas. Eissplitter flogen nach allen Seiten. Was von Carasmos übrig blieb sah am Ende aus wie ein sehr großer Hinkelstein aus Eis. Und tatsächlich: Als Christopher, Barny und der Weihnachtsbaum etwas später bei dem seltsamen Gebilde ankamen, stellten sie fest, dass es nicht nur aussah wie ein umgedrehter Eiszapfen, sondern tatsächlich durch und durch aus Eis war. In den Jahren danach spielten die Murmeltierkinder dort oft Verstecken, was sie schön gruselig fanden, und manch einer von ihnen hätte schwören können, dass ihn aus dem Eiszapfen ein böses, verzerrtes Gesicht anschaute. Aber das war wahrscheinlich nur Einbildung...

„Starker Abgang", kommentierte Barny oben am Berg leicht ironisch. Sein Bein tat immer noch weh, wenn auch schon etwas weniger. Aber was machte das schon? Carasmos war besiegt! Jetzt bewegte sich dort unten am Berg ein kleiner Punkt, hüpfte auf und ab und winkte mit beiden Armen: Christopher! Barny bellte zur Antwort. Dann warf er einen neugierigen Blick auf die weißen Vögel, die sich friedlich auf den Boden gesetzt hatten und aussahen wie ein Schwarm sehr großer Wildgänse vor dem Abflug in den Süden. Woher kamen sie ihm nur so bekannt vor? „Kommt doch mit", bellte er ihnen zu, „ich muss jetzt unbedingt zu meinen Freunden." Mit diesen Worten trabte er vorsichtig und leicht hinkend den Berg hinunter. Die Vögel begleiteten ihn.

Nicht lange danach kamen die Tiere bei Christopher an. Dieser stürzte auf den großen Hund zu, umarmte ihn und vergrub sein Gesicht in dem zotteligen Fell. „Barny, ich hatte solche Angst um dich!" murmelte der Junge. „Du warst so mutig! Wie du da hinaufgerannt bist, direkt auf Carasmos zu! Ich kam hinter dir aus der Höhle und habe alles gesehen. Wie du ihm auf den Rücken gesprungen bist! Und die Vögel! Die haben gesungen! Es klang fast wie ein Lied! Wo kamen die nur her?" Staunend sah er zu dem Vogelschwarm hinüber, der sich ein wenig abseits niedergelassen hatte.

Barny hechelte mit heraushängender Zunge. Jetzt, wo die ganze Anspannung nachließ, war ihm sehr heiß. Er hätte gerne in tiefen Zügen aus einem Bach oder einem randvoll gefüllten Hundenapf getrunken. Außerdem stellte er fest, dass es tatsächlich wärmer wurde. Carasmos

Ende schien auch der Kälte ein Ende zu setzen. Hier unten vor der Höhle war der Schnee schon am Schmelzen. Überall rieselte und rann Wasser. Pfützen bildeten sich, und auch wenn diese für einen so riesenhaften Hund wie Barny nur einen kleinen Schluck bedeuteten, so war es doch besser als nichts. Schnell schlappte er drei-, viermal mit seiner großen Zunge über den Boden, und genau in diesem Moment hatte er einen Geistesblitz. Endlich wusste er, woher er die weißen Vögel kannte.

„Das sind unsere Vögel, Christopher, von unserem Weihnachtsbaum!" bellte er aufgeregt. „Du hast sie herbeigerufen, als du „Driving Home for Christmas" gesungen hast. Das Lied kennen sie, und irgendwie hat es sie hierher versetzt. Dabei sind sie ziemlich gewachsen, genau wie ich. Und genau wie ich", fügte er nicht ohne Stolz hinzu, „haben sie Carasmos gehörig eingeheizt."

KAPITEL 14: ES TAUT!

Während Barny und Christopher ihre Rettung feierten, saß der silberne Hirsch immer noch traurig und mutlos in der Höhle tief im Gletscher. Ihm war mittlerweile sehr kalt, aber das kümmerte ihn nicht. Sollte dies das Ende sein? Der schreckliche Schlussstrich unter die diesjährige Reise der Weihnachtsbäume, ja möglicherweise unter alle zukünftigen Reisen? Welcher Weihnachtsbaum konnte sich noch guten Gewissens auf den Weg machen, wenn er am Ende schockgefrostet statt verbrannt oder kompostiert wurde? Noch nie war der Hirsch um einen Ausweg verlegen gewesen. So viele Waldtiere hatte er schon aus scheinbar aussichtslosen Situationen gerettet. Aber dieses Mal fiel ihm nichts mehr ein, so sehr er sich auch den

Kopf unter seinem Geweih zermarterte. Da fiel ihm plötzlich ein Tropfen auf die Schnauze. Plitsch! Zunächst achtete der Hirsch nicht darauf. Plitsch, machte es erneut. Zwei weitere Tropfen fielen auf seinen Rücken, dann drei, dann immer mehr. Plitsch, machte es in immer schnellerer Folge, plitsch, plitsch, plitsch. Ärgerlich schüttelte der Hirsch die Tropfen ab. Konnte dieser Carasmos nicht einmal seine Höhle richtig abdichten? Jetzt regnete es schon hinein. Moment mal - Regen? Mitten in Eis und Schnee? Der Hirsch sprang auf. Plitsch, tropfte es überall, von der Decke, von den Wänden und von den aufgestapelten Eistürmen. Eigentlich tropfte es schon nicht mehr, es rann und floss, zuerst zaghafte Rinnsale, dann regelrechte Bäche von Wasser. Es taute, und wie! Schon standen seine vier Hufe in großen Pfützen. Jetzt spürte er auch, dass die Temperatur in der Höhle anstieg. Die bittere Kälte hatte sich verzogen. Eine milde, frühlingshafte Luft breitete sich aus. Was war hier los? Das Herz des Tieres begann schneller zu schlagen. Es musste irgendetwas mit Carasmos zu tun haben. Der Eisriese musste irgendeinen schweren Schlag eingesteckt haben. Vielleicht war der Alte von unten am Berg endlich erschienen! Vielleicht gab es doch noch eine Chance!

Nun rauschte bereits ein ansehnlicher Bach durch die Mitte der Höhle, die offensichtlich ein leichtes Gefälle zum Tor hin hatte. Lustig plätschernd gurgelte das Wasser durch den Türspalt nach draußen. Der Hirsch betrachtete das Wasser fast schon glücklich. Eigentlich musste er jetzt nur noch warten. Die Weihnachtsbäume würden auftauen, er würde alle Seile durchnagen, und dann konnten sie friedlich und froh aus der Höhle herausmarschieren.

Plötzlich brach von dem Eisturm unmittelbar neben dem Hirsch ein großes Stück ab und donnerte aus zehn Meter Höhe zu Boden. Wasser, Eissplitter und Eisbrocken spritzten in alle Richtungen. Erschrocken hüpfte das Tier beiseite. Ein anderer Eisbrocken löste sich von der Höhlendecke und verfehlte den Hirsch nur knapp. „He!", rief dieser verärgert. „Was soll denn das werden?" Als nächstes kippte ein ganzer Eisblockstapel um. Der Hirsch geriet in Panik. Das wurde lebensgefährlich hier! Der ganze Gletscher taute, ewiges Eis schmolz dahin wie nichts! Womöglich würde die Decke vollständig einstürzen! Er musste hier raus. Aber was geschah mit den Weihnachtsbäumen? Alles war in völliger Auflösung. Der nächste Eisblockstapel stürzte um. Von der Höhlendecke lösten sich immer größere Brocken. Auf einmal prasselte eine ganze Ladung von Eisbrocken und Felsen herunter, direkt vor dem Tor, so dass der Türspalt ein paar Meter hoch blockiert wurde. Nun stieg das Wasser viel schneller. Gleichzeitig ging das Neonlicht aus. Dem silbernen Hirsch wurde angst und bange. Er konnte nicht mehr hinaus! Und er konnte kaum noch etwas sehen! Zum Glück schimmerte sein Fell in der Dunkelheit. Da schwamm doch etwas auf ihn zu? Mittlerweile konnte der Hirsch selbst nicht mehr stehen. Ein guter Schwimmer war er nie gewesen, aber er strampelte so gut es ging mit allen Vieren und blieb wenigstens oben. Nun sah er, dass ein Bündel verschnürter Tannenbäume auf ihn zutrieb. Jetzt konnte er wenigstens etwas tun.

Beherzt paddelte er zu ihnen hin und stellte zu seiner großen Freude fest, dass die Bäume lebten! Sie waren zwar benommen und verwirrt, aber es ging ihnen gut. Wie schon einmal packte der Hirsch das Seil, das die Bäume verschnürt hielt, mit den Zähnen. Er biss und nagte mit verzweifelter Eile. Diesmal ging es leichter, denn das Tau war mürbe nach all den Jahren und nicht mehr gefroren. Da, endlich, riss es! Die Tannen lösten sich voneinander und ruderten erstaunt mit ihren Ästen

im Wasser herum. Ein weiteres Baumbündel trieb heran.
Dieses war noch halb vereist. Der Hirsch paddelte eilig
hin und verbiss sich ins nächste Seil. Plötzlich, wie auf
Kommando, gerieten fast alle Eistürme in Bewegung. Das
Wasser hatte sie unterspült. Sie kippten, rutschten, Blöcke
platschten ins Wasser und trudelten träge mit in dem
Strom, der sich wirbelnd und glucksend zum Tor bewegte. Nun wurde es sehr gefährlich für den silbernen
Hirsch, doch er achtete nicht darauf. Was hätte er auch
tun sollen? Strampelnd hing er am Seil und nagte tapfer
weiter. Endlich riss es.

Eine Weile ging alles gut. Der Hirsch schwamm
im Slalom zwischen Baumbündeln und Eisblöcken um-
her, wobei er sehr aufpasste, nicht getroffen oder ge-
rammt zu werden. Fast alle Bäume waren mittlerweile
aufgewacht und versuchten, ihn zu warnen. „Vorsicht,
hinter dir", riefen sie oder „Pass auf, rechts oben!" Seil
um Seil zerriss. Dem Hirsch tat der Kiefer weh und seine
Kaumuskeln wurden müde. Doch er zwang sich, weiter
zu beißen und zu reißen, noch ein Seil und noch ein Seil,
um so viele Bäume wie möglich zu befreien. Dann geriet
der letzte Turm ins Wanken. Er war der höchste und hatte dem Wasser am längsten standgehalten. Langsam, wie

in Zeitlupe kippte er nach vorne und schlug der Länge nach ins Wasser. Die entstehende Welle hob den Hirsch hoch, trug ihn davon und warf ihn gegen das Tor, zum Glück nur mit der Seite. Doch direkt hinter ihm schoss ein verschnürtes Bündel Tannenbäume heran. „Achtung!", riefen sie noch, aber vergeblich. Mit ziemlicher Wucht rammten sie den Hirsch, und diesmal hatte er kein Glück: Sein Kopf schlug gegen das harte Holz des Tores. Das Glöckchen an seinem Hals bimmelte kurz. Danach verlor er das Bewusstsein und sank langsam unter Wasser.

KAPITEL 15: ZUGLEICH!

Wer jetzt dachte, der Hirsch sei verloren, der irrte sich.
Die Tannenbäume waren mittlerweile hellwach. Sie verstanden nicht genau, was geschah, aber eines spürten sie
auf jeden Fall: Der Winter war fürs Erste vorüber! Wie im
Frühling durchströmte sie neue Kraft, die verstärkt wurde
durch die Wut auf Carasmos und die Entschlossenheit,
um ihre Freiheit zu kämpfen. Niemals würden sie hier wie
Streichhölzer herumtreiben und zusehen, wie der silberne
Hirsch in den Fluten ertrank. Vielleicht lag es daran, dass
Tannenbäume den Großteil ihres Lebens gemeinsam
verbringen. In ihren Tannenschonungen leben sie fast wie
Fische in einem Schwarm, und meist brauchen sie keine
Worte, um sich zu verständigen. Jedenfalls hatten sie alle

den gleichen Gedanken, genau im gleichen Moment. „Zugleich!" riefen sie sich zu und begannen, sich im Wasser auszurichten. Die noch verschnürten Bäume spreizten ihre Zweige. Keiner von ihnen achtete auf die abgebrochenen und geknickten Äste, die schmerzten wie kleine und große Wunden. Wen kümmerte das? Mit aller Kraft stemmte sich jeder von ihnen gegen das Seil, das sie gefangen hielt. Diesmal würde Carasmos nicht gewinnen, niemals mehr! „Zugleich!" schrien sie noch einmal, mitten im Rauschen und Glucksen des wirbelnden Wassers.

Ächzend gaben die Seile nach. „Zugleich!" schrien die Bäume wieder. Sie paddelten wie wild mit den Zweigen. Endlich trieben sie dicht an dicht auf dem Wasser, eng aneinandergedrückt, jeder mit dem Wurzelballen zum Tor hin ausgerichtet. Nun fehlte nur noch eine Welle…und die würde kommen, sie musste einfach kommen. Und sie kam tatsächlich. Der hintere Teil der Höhle stürzte ein. Die Wände gaben nach, krachend kam die halbe Decke herunter. Massen von Eis und Fels stürzten herab und trieben eine schäumende Flutwelle Richtung Tor. Die Weihnachtsbäume waren bereit. Die Welle walzte heran, hob die Tannen und schleuderte sie nach vorne. „Zugleich!" schrien sie ein letztes Mal und hielten den

Kurs. Wie ein Rammbock donnerten sie gemeinsam gegen die hölzernen Torflügel. Wurzelballen an Wurzelballen nutzen sie die Wucht des Wassers. Das Tor gab nach und schwang auf. Wasser, Bäume und der silberne Hirsch wurden in einem gewaltigen Schwall ins Freie geschwemmt. Die Flutwelle lief weit durch das enge Tal, bevor sie irgendwo auf dem breiten Weg verebbte. Kurz darauf stürzte der Rest der Höhle ein und begrub Carasmos leeres Gefangenenlager für immer. Die großen Torflügel knickten, splitterten und kippten polternd um. Schließlich kehrte Stille ein.

Überall im Tal verstreut lagen nasse, benommene Tannenbäume. Mitten unter ihnen, still und ohne Bewusstsein, lag der silberne Hirsch. Zerbrechlich und mitgenommen sah er aus und man konnte nicht sagen, ob er lebte oder tot war. Am Körper waren keine Verletzungen zu erkennen. Doch sein Geweih hatte ziemlich gelitten. Mehrere Enden waren abgebrochen und der linke Ast hatte in der Mitte einen Knick, so dass die obere Hälfte traurig herabhing. Einer nach dem anderen rappelten sich die Tannenbäume auf und schüttelten sich. Mitleidig bildeten sie einen Kreis um den silbernen Hirsch, oder vielmehr ein kreisrundes Wäldchen. Sie wussten nicht genau, was sie tun sollten. Also warteten sie einfach ab. Nur ein kleiner, noch ziemlich junger Baum hüpfte ganz dicht an das Tier heran und fächelte ihm mit seinen Zweigen Luft zu.

Endlich, nach einer ziemlich langen Weile, machte der Hirsch die Augen auf. „He, mach doch nicht so einen Wind", murmelte er schwerfällig, klang aber fast schon wie immer. Vorsichtig stand er auf. Sein Kopf schmerzte, und er fühlte sich wackelig auf den Hufen. Der kleine Baum wollte ihn stützen, doch das kam natürlich nicht in Frage. Langsam stakste das Tier durch die Reihen der Tannen und besah sich den Schuttberg, der nun das Tal abschloss, dort, wo vorher die Gletscherwand gestanden hatte. Mit abgewandtem Kopf murmelte er etwas von „… habt mir das Leben gerettet" und „…wäre ohne euch ertrunken". Er schien verlegen zu sein, so dass sich der kleine Baum schließlich erbarmte und ihm freundlich aufs Fell patschte.

„Ach was", plapperte er eifrig. „Du hast wohl e-her uns gerettet. Du hast uns den nötigen Schwung gege-ben. Nach dieser Eiszeit waren wir alle ein bisschen ein-gerostet. Wenn du nicht untergegangen wärst, hätten wir das Tor vielleicht nie geknackt. Auf jeden Fall nicht rechtzeitig." Der Hirsch fühlte sich schon ein bisschen besser. Völlig nutzlos war er also nicht gewesen. Dann betrachtete er das Bäumchen genauer. „Ich glaube, du wächst", stellte er fest. „Die Frühlingsluft bekommt dir."

Und tatsächlich: Die Bäume grünten. Abgebrochene Äste wuchsen in Windeseile nach, grüne Spitzen zeigten sich und jede der Tannen legte ein wenig an Höhe und Dicke zu. „Mir scheint, Carasmos ist erledigt", stellte der kleine Tannenbaum fest, während er begeistert sein neues Nadelkleid bewunderte. „Ich bin auch erledigt", seufzte der Hirsch, der soeben sein geknicktes Geweih entdeckt hatte. „So kann ich mich nirgendwo blicken lassen." Aber das hörte schon niemand mehr, denn jetzt brachen sie auf.

In einer lockeren, langen Reihe zogen die Tannen über den breiten Weg davon, zurück zur Rampe, um ihre Reise fortzusetzen. Der Hirsch trabte am Ende des Zuges neben dem kleinen Bäumchen. Dies schwatzte und schwatzte und malte dem Hirsch in dramatischen Farben aus, wie Carasmos seine Gruppe vor Jahren erwischt hatte. „Eigentlich bin ich schon dreißig Jahre alt, weißt du?" „Sieht man dir wirklich nicht an", gab der Hirsch zu. Er war mit seinen Gedanken bei Christopher. Ob der Junge überlebt hatte?

KAPITEL 16: EIN ABSCHIED UND EIN WIEDERSEHEN

Barny schleckte erneut zwei bis drei Pfützen leer, wobei er sich bemühte, die vielen Steinchen und die Erde nicht zu beachten, die er dabei auf die Zunge bekam. Aus den Tiefen der Höhle schleppte sich Christophers Weihnachtsbaum herbei, der immer noch ganz betäubt war von den Ereignissen. Er konnte gar nicht glauben, dass von Carasmos keine Gefahr mehr drohte. Jahrzehntelang war der Riese die Schreckensgestalt aller Tannenbäume gewesen. Flüsternd hatte man sich von ihm erzählt in den Tannenschonungen der heranwachsenden Weihnachtsbäume, in Andeutungen nur und stets unsicher, ob es ihn überhaupt gab. Vielleicht war er doch nur eine Märchenfigur? Keiner wusste es genau, denn natürlich war nie ein Tannenbaum aus dem Land der Weihnachtsbäume zurückgekehrt in die Welt der Menschen.

Nun gab es keinen Carasmos mehr. Für Christophers Weihnachtsbaum war das schwer zu begreifen. Seit Christopher ihn von der vereisten Rampe gerissen hatte, waren die Ereignisse wie ein Film an ihm vorbeigezogen. Die Flucht durch den tiefen Schnee. Barny, der wie ein Yeti auftauchte und ihn in seinem Maul in die Höhle transportierte. Die Lawine, die den Eingang versperrte. Christophers Gesang, der ihn neue Hoffnung schöpfen ließ. Der Erdrutsch und die plötzliche Freilegung des Eingangs durch den riesigen Felsbrocken. Barny, wie er plötzlich knurrend davonrannte, den Berg hinauf.

Der Weihnachtsbaum hatte sich nicht rühren können und war genau an der Stelle in der Höhle geblieben, wo man ihn abgestellt hatte. So hatte er Carasmos kein einziges Mal richtig gesehen, geschweige denn, sein spektakuläres Ende beobachtet. Das wurmte ihn nun schrecklich. Er kam sich vor, als habe er einen Lottoschein mit sechs Richtigen in den Händen gehalten und vergessen, ihn einzulösen. Was für eine Geschichte hätte er zu erzählen gehabt! Der tiefe Sturz von Carasmos – live miterlebt! Jeder Tannenbaum auf der Welt hätte ihn beneidet. Stattdessen hatte er in der Dunkelheit gestanden, überrumpelt, betäubt und unfähig, sich zu bewegen.

Tapfer versuchte der Weihnachtsbaum, sich seine tiefe Enttäuschung nicht anmerken zu lassen. Mit einiger Mühe glitt er aus der Höhle.

Währenddessen wandte sich Christopher den weißen Vögeln zu. Diese Schnäbel! Diese Federn! Das waren tatsächlich seine Weihnachtsvögel, groß und fedrig und quicklebendig! Ein Tier war etwas größer als die anderen und schien der Anführer zu sein. Es trat ungeduldig von einem Fuß auf den anderen und sah ganz so aus, als wolle es aufbrechen. Christopher, der inständig hoffte, dass die Vögel sprechen konnten, fragte: „Müsst ihr los?" Der Vogel sah zwar so aus, als habe er verstanden, aber er antwortete nicht. Stattdessen schlug er auffordernd mit den Flügeln und stieß seinen Bussardruf aus. Daraufhin kam Bewegung in den ganzen Schwarm. Die Tiere flatterten, stoben auf und riefen aufgeregt durcheinander. „Wo wollen sie denn hin?" fragte Christopher Barny. Der hatte mittlerweile genug getrunken, stand neben Christopher und sah dem Treiben gelassen zu. „Keine Ahnung. Vielleicht zurück nach Hause in die Weihnachtskiste?" Als die Vögel sich aber in der Luft gesammelt hatten, flogen sie in eine ganz andere Richtung davon als die, aus der sie ursprünglich gekommen waren. Christopher sah ihnen lange nach. Lebendig fand er sie noch viel schöner als am Weihnachtsbaum. Vielleicht konnten sie ja hierbleiben, so wie die Tannenbäume? Vielleicht gab es noch andere Aufgaben für sie? Als der Schwarm nur noch klein in der Ferne zu sehen war, stupste Barny den Jungen mit der Schnauze an. „Sollten wir nicht auch langsam aufbrechen?"

Da erst kehrte Christopher mit seinen Gedanken in die Gegenwart zurück. Die Reise der Weihnachtsbäume war ja noch gar nicht zu Ende! Wo waren die anderen Tannen überhaupt? Was hatte Carasmos mit ihnen gemacht? Und der silberne Hirsch, den gab es ja auch noch! Vor lauter Carasmos, Eingesperrtsein und Singen hatte Christopher seine anderen Gefährten völlig vergessen. Sie mussten zurück zur Rampe! Jetzt, wo Carasmos zum Eiszapfen erstarrt war, konnte der Rest der Reise ja nicht mehr schwierig sein, oder? „Barny, sitz!" befahl Christopher energisch. Dann kletterte er am langen Zottelfell des Hundes auf dessen Rücken. Der Weihnachtsbaum wollte gerade losgleiten, als Barny ihn packte und wie ein Stöckchen ins Maul nahm. „Tut mir leid, mein Freund, aber du bist eindeutig zu langsam!" wischte er den Protest des Baumes beiseite, und Christopher stimmte ihm insgeheim zu. Er war jetzt ungeduldig und wollte unbedingt wissen, was mit den Bäumen geschehen war. Seufzend ergab sich der Weihnachtsbaum in sein Schicksal. „Barny, lauf!" rief Christopher, und das ließ sich der große Hund nicht zweimal sagen. Zum Glück hatte sich seine Hinterpfote wieder erholt. In großen Sätzen sprang er über den Berghang davon.

Nicht allzu lange danach näherten sie sich der Gegend, die sie auf der Flucht vor Carasmos so überstürzt verlassen hatten. Aber wie anders sah der Berg jetzt aus! Schnee und Eis waren getaut und einer frischen Mischung aus grünem Moos und kleinen Frühlingsblumen gewichen. Die Rampe, die vorher wie eine ziemlich gerade Murmelbahn schräg über die nackte Bergflanke ins Tal geführt hatte, sah jetzt eher aus wie ein fröhlicher Wildbach. Lockere Grüppchen von frischgrünen Tannenbäumen standen auf ihren beiden Seiten. Das Schmelzwasser, das vom Berg herabfloss, sammelte sich in vielen kleinen

Rinnsalen, die in die Rampe mündeten. Dort schäumte und sprudelte das Wasser lustig zu Tal. Die drei Gefährten staunten. „Es sind viel mehr Tannenbäume als vorher", rief Christopher aufgeregt, „und es kommen ständig neue dazu!" Tatsächlich bewegten sich zahlreiche grüne Punkte aus der Ferne über den Berghang heran. Immer neue Bäume trafen ein. Manche von ihnen riefen Jahreszahlen. „Jahrgang 1976", meldete die soeben eingetroffene Gruppe. Die nächste schloss sich an mit „1982". Die Erkenntnis durchzuckte Christopher wie ein freudiger Schreck: Dies mussten sämtliche Tannenbäume der letzten Jahre - wenn nicht sogar Jahrzehnte - sein, die Carasmos erwischt hatte. Offensichtlich hatten sie damals den Kampf gegen ihn verloren und es nicht bis zum Fuß des Berges geschafft, um Wurzeln zu schlagen. Nun aber, wo Carasmos erledigt war, hatten sie sich irgendwie befreit. Wie gesund und kräftig sie aussahen!

KAPITEL 17: AUF INS TAL!

Barny setzte den Weihnachtsbaum vorsichtig ab. Der strich erst einmal hektisch über seine Zweige, bis er Barnys Spucke einigermaßen entfernt hatte. Der Hund stieg währenddessen der Länge nach in die Rampe und ließ sich begeistert auf den Bauch ins Wasser fallen. Natürlich trat das Wasser dadurch sofort über die Ufer. Zwischen den Baumgrüppchen meldete sich schimpfend eine Stimme: „He, was soll das, musst du hier unbedingt Staudamm spielen?" Der silberne Hirsch! Christopher war so erleichtert, dass ihm die Tränen in die Augen traten. Er rannte zu seinem Freund und fiel ihm um den silbernen Hals. „Du lebst!" „Natürlich lebe ich", antwortete der Hirsch so würdevoll wie möglich und versuchte dabei, sein abgeknicktes Geweih irgendwie weniger schlimm aussehen zu lassen. „So ein bisschen Eis und Schnee können mir doch nichts anhaben."

„Dafür siehst du aber reichlich ramponiert aus", ließ sich Barny aus dem Hintergrund vernehmen. „Ist dir das Geweih abgefroren?"

Der kleine Tannenbaum, der sich zum ständigen Begleiter des Hirsches entwickelt hatte und darauf mächtig stolz war, trat ein Stück nach vorne. „Er hat uns gerettet", informierte er die drei Neuankömmlinge. „Und er hat dabei sein Leben riskiert."

„Da ist er nicht der Einzige", brummte Barny, der den Hirsch ziemlich eitel fand.

„Nicht streiten", bat Christopher, der einfach nur unglaublich froh war, alle seine Gefährten wieder heil beieinander zu haben. „Das Wichtigste ist doch, dass unsere Reise jetzt weitergehen kann."

Dann begann das große Erzählen. Der silberne Hirsch wollte alles wissen, und Christopher und Barny berichteten abwechselnd. Nachdem sie Carasmos Ende geschildert hatten, schwieg der Hirsch eine Weile nachdenklich. Schließlich meinte er: „Ich konnte ihn ja nie leiden. Aber sich als Eiszapfen in den Boden zu rammen, das ist wenigstens originell."

Ein paar Minuten noch standen sie gemeinsam im Sonnenlicht und genossen den neuen Frühling. Dann wurden die Tannenbäume ungeduldig. „Ich denke, wir wollen jetzt wurzeln", erklärte Christophers Weihnachtsbaum. „Seid ihr bereit zum Aufbruch?"

„Aufbruch? Na klar!" rief Barny begeistert und sprang schwanzwedelnd zur Rampe. Doch dort schien ihm irgendetwas einzufallen, denn er legte die Stirn in Falten - was man unter seinem langen Fell natürlich kaum erkennen konnte. „Rutschen wir etwa durchs Wasser hinunter?" wollte er wissen und klang dabei ziemlich kleinlaut.

Anders als andere Hunde ging Barny gar nicht gern ins Wasser. Zumindest nicht, wenn er dabei den Boden unter den Füßen verlor oder es mit zu viel Wasser auf einmal zu tun bekam. In eine Pfütze legen ging, in einen niedrigen Bach auch. Aber in einem Baggersee schwimmen, wo man nicht sehen konnte, was unter einem war, das ging überhaupt nicht. Und eine Rutsche mit Wasser hinunterrutschen, in hohem Tempo womöglich, das ging auch nicht. Barny verlor nicht gerne die Kontrolle, so lustig und unbeschwert er auch war. Als junger

Hund war er einmal im Dorfteich geschwommen. Dabei hatte er aus Versehen die Schwänin aufgescheucht, die dort im Schilf ihr Nest hatte. Der Vogel tauchte fauchend und flügelschlagend wie ein Drache aus dem Nichts auf und verfolgte Barny fast eine Stunde lang immer wieder quer über den Teich. Seitdem mochte Barny Wasser nur noch in sehr geringer Menge.

Leider waren die Weihnachtsbäume nicht zu bremsen. „Natürlich rutschen wir!" riefen sie. „Mit Wasser macht es doch noch mehr Spaß!" Gesagt, getan. Die Tannen reihten sich an der Rampe auf. Christophers Baum stand wie immer ganz vorne. Der Hirsch hatte sich wegen seines geknickten Geweihs wieder unter die anderen Weihnachtsbäume gemischt und wollte für den Rest der Reise im Hintergrund bleiben. Christopher zögerte genauso wie Barny. Sollte er mitrutschen? Im Schwimmbad konnte er keine allzu große Begeisterung aufbringen für Wasserrutschen. Meistens reichte ihm eine einzige Fahrt. Er tauchte lieber.

In diesem Moment bellte Barny gut hörbar für alle: „Ich würde ja gerne rutschen, aber ich muss Christopher tragen, sonst wird er ganz nass!" Erleichtert ließ sich Christopher von dem großen Hund mit den Zähnen an der Kleidung packen und mit Schwung auf den zotteligen Rücken setzen. „Sind alle fertig?" rief Christophers Weihnachtsbaum aufgeregt. Ein hundertfaches „Ja" antwortete ihm rauschend. Also schwang sich der Baum mit einem Satz auf die Rampe, platschte der Länge nach ins Wasser und glitt mit einem begeisterten „Huiii" zu Tal. Viele weitere „Huiiis" folgten. Barny trabte ebenfalls los. Seinen dicken Pfoten machten die Steine und Felsen neben der Rampe nichts aus, zumal die meisten von frischem Moos überzogen waren. Fröhlich lief er bergab und schnappte ab und zu spielerisch nach einem vorbeitreibenden Baum. Alles ging gut – bis Christopher der Übermut packte.

Weit entfernt sah er seinen Weihnachtsbaum die Rampe hinuntertreiben. Der Junge zeigte auf das immer kleiner werdende „Stöckchen" und rief im Spaß: „Barny, hol´s!" Das hätte er lieber nicht tun sollen. Barny war nicht mehr zu halten. Begeistert hetzte der Hund in großen Sprüngen den Hang hinunter, so dass Geröll und Steine hinter seinen Pfoten nur so aufspritzten. Christopher wurde auf seinem Rücken herumgeschleudert wie ein Mehlsack. „Halt!" wollte er rufen, bekam aber genau in diesem Augenblick viel zotteliges Fell in den Mund, weil sein Gesicht unsanft auf Barnys Hinterkopf gedrückt wurde. Die nächsten Minuten hatte er genug damit zu tun, sich festzuhalten und gleichzeitig Hundehaare auszuspucken. Schließlich ließ er den Hund rennen, wie er wollte. Barny hatte Spaß verdient.

KAPITEL 18: DER WETTBEWERB

Als sie einige Zeit später am Fuß des Berges ankamen, hing Barny die Zunge weit aus dem Maul. Sie war schaumbedeckt, und bei Christopher waren nicht wenige dieser Schaumflocken in den Haaren gelandet. Seit einigen Minuten hatte er die Augen fest zusammengekniffen und das Gesicht nach unten gehalten. Auf dem letzten Kilometer hatte Barny im wahrsten Sinne des Wortes alles aus sich herausgeholt und hechelnd einen Sprühregen aus Spucke und Schaum nach hinten geschleudert. Christophers Weihnachtsbaum hatte das Rennen trotzdem gewonnen. Lässig stand die Tanne da, tätschelte den schaumbedeckten Hund mit weit abgespreizten Nadeln und meinte gönnerhaft. „Immerhin, hast du es versucht!"

Barny war enttäuscht. Er hatte sein „Stöckchen" nicht erwischt, was für einen Hund nur schwer zu ertragen war. Noch Monate würde ihn das in seinen Träumen verfolgen. Christopher betrachtete unterdessen die Umgebung. Die riesenhafte Rampe, die über weite Strecken schräg über den Berg nach unten führte, machte auf den letzten fünfhundert Metern mehrere Kurven. Die letzte Kurve mündete in eine Art Zielgerade, die mitten auf einem Hügel endete. Es sah fast aus wie eine Sprungschanze. Das Wasser schoss in hohem Bogen über das Ende der Rampe, klatschte fünfzig Meter weiter unten auf den „Schanzenhügel" und sammelte sich im „Auslauf" in einem sehr großen, flachen Teich.

Gerade kam mit Schwung der nächste Tannenbaum um die Kurve. „Huiiii!", rief er laut, bevor er die Zweige anlegte, sich ganz gerade machte und auf den „Schanzentisch" zu sauste. Mit einem „Hepp!" flog er darüber hinaus, hoch in die Luft. „Zieehhhh!" rief Christophers Tannenbaum ihm zu. Am Ende spannte der Kandidat regenschirmartig die Zweige auf und bremste in der Luft. „Steh!", feuerte Christophers Weihnachtsbaum ihn an. Mit einem dumpfen „Hump" schlug der Wurzelballen des Baumes im Auslauf auf, kurz vor dem großen Teich. Einen Moment schien es, als könne der Wettbewerber sich halten. Doch seine Landehaltung war einfach zu schräg. So kippelte und ruderte er verzweifelt, bis er doch der Länge nach vornüber auf den Rasen fiel. Schnell rappelte er sich wieder auf, blieb aber genau an der Stelle stehen, wo er gelandet war. Dann schaute er gespannt nach oben zum Hügel, wo schon der nächste Wettbewerber um die Kurve rutschte.

„Huiuiui" murmelte dieser, deutlich zaghafter als sein Vorgänger. Es war ein kleiner und noch sehr junger Baum. Kurz vor dem Schanzentisch schien ihn der Mut zu verlassen, denn er breitete fächerartig die Zweige auf der Schanze aus, als wolle er bremsen. Ziemlich verkrampft rutschte er über die Kante und wurde mehr den Hügel hinuntergespült als dass er flog. „Zieehhh!", feuerten ihn die beiden wartenden Bäume trotzdem gutmütig an. Die kleine Tanne landete seitlich und rollte holterdiepolter den Berg hinab, bis sie endlich mitten im Teich zum Stillstand kam. Verschämt rappelte der Baum sich auf. „Leider ungültig", informierte ihn Christophers Weihnachtsbaum bedauernd. „Aber mach dir nichts draus: Das passiert den Besten von uns!"

Mehrere Bäume lang veränderte sich die Spitzenposition nicht. Am Fuß des Schanzenhügels bildete sich langsam ein kleines Tannenwäldchen, so dicht standen die gelandeten Kandidaten schon. Für die anderen Wettbewerber wurde die Landung immer schwieriger. Doch den Tannenbäumen machte dies nichts aus – im Gegenteil, es steigerte ihren Spaß. Nach etwa der Hälfte des Feldes kam ein besonders großer Baum um die Kurve geschossen. Er war fast fünf Meter lang und musste in einer großen Villa oder vor einer Kirche gestanden haben. Sein Stamm war sehr dick, seine Äste stark und zahlreich. Er donnerte über den Schanzentisch, wie ein frisch gefällter Baumriese irgendwo in Kanada über die Kante eines Wasserfalls poltert. „Zzzzzung!" machte es, als er abhob. Wie eine Rakete zischte er durch die Luft. Anders als seine Kollegen, die relativ bald nach dem Abheben die Zweige geöffnet und eine aufrechte Haltung eingenommen hatten, behielt dieser Gigant seine speerwurfartige Position bei. Er öffnete die Zweige nur leicht zu einem spitzen V und nutzte den Wind optimal. Hoch über den Wipfeln seiner staunenden Kollegen flog er, über den ganzen Teich hinaus. Erst kurz vor Bodenkontakt riss er mit einem Ruck den Wurzelballen nach vorne.

„Wammmmm!", bohrte er sich in den Boden, leicht schräg nach hinten gelehnt. Alle hielten den Atem an. Würde er kippen? Nein, er stand! Und wie er stand! Stolz breitete er seine Zweige aus, verbeugte sich leicht und nahm den rauschenden Applaus seiner Mitbewerber entgegen. Der Wettbewerb war entschieden.

Als letzter rutschte der silberne Hirsch den Berg hinunter. Da dies nicht seine erste Reise war, wusste er natürlich, was ihn erwartete. So bremste er bereits weit vor der letzten Kurve ab, ließ sich immer langsamer werden und stieg am Ende betont lässig, einen Grashalm seitlich im Maul, vom Schanzentisch. Er stakste den Hügel hinab und gesellte sich zu Christopher und Barny. „Die halsbrecherischen Aktionen überlassen wir mal lieber den anderen", informierte er die beiden. „Unsereins muss schließlich noch ein paar Jährchen durchhalten."

Während die Tannenbäume ihrem riesenhaften Gefährten gratulierten, fragte Christopher seinen Baum: „Und du? Wirst du nicht gewertet?" „Nein", antwortete sein Baum bedauernd. „Wer die Prozession anführt, ist immer nur der Vorspringer. Aber ich hatte sowieso zu viel Tempo, um richtig gut zu fliegen." „Und woher weißt du das?" wollte Barny wissen. „Du bist doch auch zum ersten Mal hier."

„Manche Dinge sickern eben durch in die Welt der Menschen, ich weiß auch nicht, wie", informierte ihn der Baum geheimnisvoll. „Über das „Skispringen der Weihnachtsbäume" weiß jedenfalls jeder Weihnachtsbaum Bescheid."

Christopher betrachtete das ansehnliche Tannenwäldchen, das jetzt am Fuß des Schanzenhügels stand. „Da hat der Alte von unten am Berg aber mächtig was zu tun, wenn er all die Tannenbäume der letzten sechzig Jahre einpflanzen will."

KAPITEL 19: DER ALTE VON UNTEN AM BERG

Der Alte von unten am Berg…. Wo steckte der eigentlich? Christopher hatte gar nicht mehr an ihn gedacht. Barny auch nicht, er wusste ja nicht einmal, dass so eine Person existierte. Und der silberne Hirsch? Der hatte sich schon die ganze Zeit so seine Gedanken gemacht. Er vermutete, dass Carasmos den Alten gefangen gesetzt hatte, ähnlich wie die Weihnachtsbäume. Nur wo?

Suchend sah das Tier sich um. Hinter dem Teich am Fuß der Schanze führte ein kleiner Pfad in eine grasbewachsene Hügellandschaft. Dahinter gab es wieder höhere Berge, auf denen teilweise noch Schnee lag. Das

Tal der Weihnachtsbäume lag dort irgendwo, aber wo genau wusste der Hirsch nicht. Seine Reise hatte immer direkt nach dem Skispringen geendet. Jedes Jahr hatte er den Weihnachtsbäumen nachgeschaut, wie sie froh und erleichtert in einer langen Reihe ihrer neuen Heimat entgegen zogen, angeführt vom Alten von unten am Berg. Jedes Jahr wurde er dann auf einmal so müde, dass er erst einmal gemütlich ein paar Grashalme abrupfen und danach ein Nickerchen machen musste. Und jedes Jahr war er kurz darauf wieder auf dem Fensterbrett in Christophers Wohnzimmer aufgewacht. Dieses Jahr hatte der Hirsch sich geschworen, dass er nicht einschlafen würde. Er wollte endlich wissen, wie er zurück reiste in die Welt der Menschen. Doch wie es aussah, musste er zuerst ein Problem lösen. Irgendjemand musste die Weihnachtsbäume in ihr Tal führen, aber niemand wusste genau, wo es lag.

„Wir müssen den Alten suchen", forderte er seine Gefährten auf. „Außer ihm kennt niemand den Weg." Unentschlossen trabte er um den Teich herum. Wo sollten sie nur suchen? Wer wusste schon, welche Höhlen Carasmos noch irgendwo angelegt hatte? Die Suche konnte Tage dauern.

Barny meldete sich zu Wort. „Ich finde, wir sollten zuerst die Bäume ans Ziel bringen. Allzu weit kann es doch nicht mehr sein. Ich kann ja vorlaufen und nachschauen. Wer weiß: Vielleicht sitzt dieser Alte irgendwo im Tal der Weihnachtsbäume gemütlich auf einer Bank, raucht Pfeife und wartet auf uns?"

„Pff", machte der Hirsch verächtlich. „Na sicher doch, wahrscheinlich trinkt er auch noch einen Tee dabei. Glaubst du, er hätte uns einfach so im Stich gelassen?"

„Streitet doch nicht schon wieder", versuchte Christopher zu schlichten. „Wir gehen einfach zusammen." Die Tannenbäume ließen sie vorerst zurück. Christophers Weihnachtsbaum blieb ebenfalls bei seinen Artgenossen. Er war froh darüber, nicht schon wieder ins Ungewisse aufbrechen zu müssen.

Barny rannte neugierig voraus, die Nase immer wieder schnüffelnd am Boden. Er mochte alte Menschen sehr gerne, schließlich war sein Herrchen selbst alt. Bestimmt würde er den Alten von unten am Berg auch sehr mögen. Und wenn er ihn als Erstes fand, konnte er dem silbernen Hirsch eins auswischen. Der Kerl war einfach zu eingebildet…Christopher und der Hirsch folgten dem aufgeregten Hund langsam. Sie waren beide müde und wünschten sich das Ende der Reise herbei. Christopher dachte an seine Weihnachtsgeschenke. Er hatte dieses Jahr eine Kamera bekommen. Sein Vater, der alles übers Fotografieren wusste, hatte schon angefangen, ihm vieles beizubringen. Wie gerne wäre Christopher jetzt gemütlich mit ihm spazieren gegangen und hätte gelernt, wie man richtig gute Nahaufnahmen macht. Außerdem hatte er Hunger.

In diesem Moment begann sich Barny weit vor ihnen sehr merkwürdig zu verhalten. Er sprang hin und her, wedelte wie verrückt mit dem Schwanz und fiepte in den höchsten Tönen. Aus der Ferne sah es aus, als ob er sich unbändig freute. Aber worüber? „Wahrscheinlich hat er eine Maus entdeckt und dreht jetzt völlig durch", murmelte der silberne Hirsch herablassend. „Dieses Tier hat einfach kein Benehmen."

Doch als sie näherkamen, sahen sie, dass es etwas mehr Grund zur Aufregung gab als nur eine Maus. Da stand am Wegesrand eine grüne Bank, die zum Ausruhen und Verweilen einlud. Auf der Bank saß ein alter Mann. Er rauchte eine Pfeife, und Barny tanzte immer noch vor ihm herum, als ob er ihn genau kennen würde. „Das ist der Alte!", rief der Hirsch plötzlich und galoppierte ebenfalls los, ganz entgegen seiner sonstigen würdevollen Art. Christopher dagegen hielt sich zurück. Mit einer Mischung aus Angst und Neugier betrachtete er die Gestalt, die da auf der Bank saß und auf den aufgeregten Barny einredete. Sehr beeindruckend sah sie nicht aus. Der Alte war nicht so groß wie Carasmos, was Christopher sich insgeheim vorgestellt hatte. Er trug auch keinen langen Mantel oder einen spitzen Hut wie ein Zauberer. Stattdessen hatte er eine blaue Strickjacke an, die Christopher bekannt vorkam. Eigentlich sah er mit seinen silbergrauen Haaren und seiner braunen Cordhose nicht beeindruckender aus als Christophers Opa. Als der Hirsch auf ihn zu rannte, wandte sich der Alte auf der Bank um. Er stand auf, beschattete die Augen mit der Hand und besah sich das silberne Tier, das da auf ihn zu galoppierte, und die kleine Person, die ihm zögernd folgte. Plötzlich ließ er die Pfeife fallen und rannte ebenfalls los. Christopher blieb stehen. Waren denn alle verrückt geworden? Verwirrt sah er, wie der Alte einfach am silbernen Hirsch vorbei stürzte. Das Tier blieb verdutzt stehen. Der Alte rannte weiter, direkt auf Christopher zu. Er war nicht sehr schnell, eigentlich versuchte er nur, sich schnell zu bewegen, so wie alte Leute das eben tun, wenn sie sich sehr beeilen wollen. Und dann, plötzlich, rannte auch Christopher. „Opa!" rief er und rannte dem alten Mann entgegen. „Opa, was machst du denn hier?"

Die nächsten Minuten herrschte wahrer Tumult. Christopher fiel seinem Opa in die Arme. Barny kam gesprungen und versuchte begeistert, den Großvater abzuschlecken. Der silberne Hirsch gesellte sich ebenfalls dazu, wobei er ein bisschen beleidigt war, dass man ihn so einfach übergangen hatte. Alle redeten durcheinander. Schließlich sorgte der Großvater für Ordnung.

„Barny, Platz, mein Guter!" befahl er belustigt. Der Hund ließ sich gehorsam fallen. Dann begrüßte der Großvater endlich den silbernen Hirsch. „Entschuldige, mein Lieber, ich habe dich nicht übersehen", meinte er und kraulte den Hirsch am Kopf, was dieser sich zu Christophers Erstaunen gefallen ließ. „Aber Enkel haben nun einmal Vorfahrt."

„Opa, erzähl doch", drängte Christopher aufgeregt. Hunderte von Fragen sausten durch seinen Kopf. Sein Großvater war der Alte von unten am Berg. Wie war das möglich? Genauso gut hätte man ihm erzählen können, sein Großvater sei Yoda aus Star Wars oder das Sams. Wie konnte er hier sein und sich um das Einpflanzen der Weihnachtsbäume kümmern, was Wochen dauern musste, und zur gleichen Zeit in der Welt der Menschen leben? Und warum hatte er die Bäume dieses Jahr nicht begleitet?

KAPITEL 20: DER ALTE ERZÄHLT

Gemeinsam liefen sie zu der grünen Bank. Ein leichter Wind strich über die Hügellandschaft um sie herum und wisperte durch die Grashalme. Barny ließ sich auf den Bauch fallen und legte den Kopf auf die Vorderpfoten. Er war ganz geschafft von all der Aufregung. Der silberne Hirsch nutzte die Gelegenheit, um ein bisschen zu grasen. Christopher setzte sich neben seinen Großvater auf die Bank. Alle warteten gespannt auf die Erzählung des alten Mannes.

„Du willst sicher wissen, wie ich zum Alten von unten am Berg wurde", begann der Großvater und stopfte sich bedächtig seine Pfeife. „Als Junge war ich nicht so weihnachtsbaumverrückt wie du, Christopher. Meine Eltern hatten wenig Geld. In unserer Wohnung gab es keinen Weihnachtsbaum, nur ein paar Fichtenzweige mit Sternen aus Alufolie in einer alten Vase auf dem Küchentisch. ‚Wir können uns Weihnachten nicht leisten‘, erklärte mein Vater jedes Jahr grimmig. So ganz stimmte das nicht, aber mein Vater war leider schrecklich geizig. Außerdem mochte er Weihnachten nicht. Je näher Weihnachten rückte, desto schlechter wurde seine Laune. Ein bisschen vielleicht wie Carasmos", fügte er hinzu und musste schmunzeln. Christopher schmunzelte nicht. Dieser Uropa war ihm nicht sonderlich sympathisch. „Geschenke gab es auch keine", fuhr der Großvater fort.

„Nur manchmal steckte meine Mutter mir am Heiligabend hastig eine Kleinigkeit zu, ein paar Nüsse, eine Orange und einmal sogar einen Riegel Schokolade. Aber einen Weihnachtsbaum habe ich bei uns meine ganze Kindheit über nicht zu Gesicht bekommen."

Der Großvater zog an seiner Pfeife und paffte ein paar kreisrunde Rauchkringel in die Luft. Hinter sich hörten sie das leise Kauen und Mampfen des silbernen Hirsches. „Später verdiente ich selbst Geld als Finanzbeamter. Dann heiratete ich. Und eines schönen Wintertages ging ich meinen ersten eigenen Weihnachtsbaum holen. Meine Frau, deine Oma, wollte so gerne einen haben. Also suchte ich mir eine Tannenschonung, wo man selbst Bäume schlagen konnte, und stapfte los, die Axt über der Schulter. Eigentlich wollte ich nur ein kleines Bäumchen schlagen. Schließlich waren wir nur zu zweit, und unsere Wohnung eher klein. Aber als ich vor der Tannenschonung stand, passierte etwas Seltsames.

Zuerst einmal war ich überwältigt von der großen Auswahl. Jede Art von Tannen gab es da: ganz junge Bäumchen, kaum einen Meter hoch, dann mittelgroße, schlanke, und schließlich dichte große Kerle mit starken Ästen, die viele Kerzen und Baumschmuck tragen konnten. Fast tat es mir leid, die Axt anzulegen. Sie sahen alle so gesund und kräftig aus, und ich hatte fast Angst, ihnen wehzutun. ‚Es sind doch nur Bäume‘, rief ich mich selbst zur Ordnung. ‚Feuerholz hackst du doch auch klein.‘ Trotzdem konnte ich mich nicht dazu bringen, einen zu fällen. Über eine Viertelstunde stand ich da im fallenden Schnee, und je länger ich wartete, desto mehr erschienen mir die Bäume wie Lebewesen. Sie waren anders als andere Bäume im Wald. Sie wisperten und bewegten ihre Zweige, und es kam mir fast so vor, als würden sie reden.

Ich machte ein paar Schritte in die Schonung hinein. Hier wurde es noch schlimmer. Ein Zweig streifte mich am Arm, und ich hätte schwören können, dass eine Stimme zu mir sagte: ‚Nimm mich mit.' Ich ging schneller. Jetzt streiften mich viele Zweige, und die Stimmen wurden immer eindringlicher. ‚Das Fällen macht uns nichts aus', wisperten sie und ‚Hab keine Angst. Wir merken das gar nicht.' Irgendwann fing ich an zu rennen. Ich glaubte wirklich, ich hätte den Verstand verloren. Ich stürzte durch die Tannen und war so verwirrt, dass ich den Rückweg nicht fand. Schließlich stolperte ich über eine Wurzel und wäre hingefallen, wenn mich nicht ein starker Arm aufgefangen hätte. Nur, dass es kein Arm, sondern ein Zweig war. Eine dieser riesigen Tannen, die am Ende wohl vor Kirchen oder in öffentlichen Gebäuden stehen, half mir hoch. ‚Warum die Panik?' fragte er amüsiert. Das war zu viel für mich.

Ich stolperte davon, bis ich endlich aus den Tannen heraus ins Freie taumelte. Und da, direkt vor mir, stand der silberne Hirsch. ‚Vielleicht nimmst du lieber diesen hier', äußerte er lässig, einen Grashalm seitlich im Maul, und deutete mit dem Huf auf einen mittelgroßen Baum, der an einem Felsen lehnte. Irgendjemand hatte ihn wohl schon geschlagen und dann stehen lassen, weil er meinte, etwas noch Besseres gefunden zu haben. Ich starrte das Tier an wie eine Erscheinung aus einer anderen Welt – was er in gewissem Sinne ja auch war. Dann packte ich den Baum und rannte zurück nach Hause. Die Axt ließ ich liegen, und später fiel mir auf, dass ich auch vergessen hatte, zu bezahlen.

Zu Hause stellte ich den Baum achtlos in den Hof, legte mich ins Bett und zog mir die Decke über den Kopf. Zu meiner Frau sagte ich kein Wort. Sie machte mir einen Tee und ich beschloss, die ganze Sache zu vergessen. Wahrscheinlich hatte ich einfach zu wenig gegessen. Du weißt ja, ich bin leicht zuckerkrank, und so tat ich das Ganze ab als Halluzination, wahrscheinlich durch Unterzuckerung. Den Baum schmückte ich später trotzdem, aber sicherheitshalber hörte ich dabei ganz laut klassische Weihnachtsmusik. Bei der Laustärke konnte niemand mit mir reden. Vielleicht wäre die Geschichte so geendet, wenn nicht..."

Der Großvater hielt inne und sah sich nach dem silbernen Hirsch um. Dieser hatte sein Grasen schon seit längerer Zeit unterbrochen und lauschte gespannt. Er liebte es, wenn von ihm erzählt wurde, und auf seine Rolle in dieser Geschichte war er besonders stolz. „…ja, wenn ich nicht gewesen wäre", ergänzte das Tier daher und trat wichtig ein paar Schritte in den Vordergrund. „Drei Wochen später, in der Nacht vom Dreikönigstag, habe ich ihn abgeholt. Ich habe ihn förmlich mit dem Geweih aus dem Bett geschubst, und als er immer noch von ‚Halluzination' und ‚Unterzuckerung' herumstotterte, habe ich ihn unter die kalte Dusche gestellt. Danach hat er mir geglaubt." Der Großvater tätschelte den silbernen Hals des Tieres. „Genau so war es."

„In dieser Nacht machte ich meine erste Reise mit den Weihnachtsbäumen", fuhr er fort, nachdem er erneut drei große Rauchkringel in die Luft gepafft hatte. Sie zogen langsam im leichten Wind über die Graslandschaft davon wie friedlicher Besuch aus dem All. Die Sonne stand tief, und die Hügel warfen lange Schatten. Christopher rutschte enger an den Großvater. Ihm war ein bisschen kalt – oder lag das an der Geschichte? Sicherlich würde darin gleich Carasmos auftauchen…Und tatsächlich…

„Damals begegneten wir Carasmos zum ersten Mal", erzählte der Großvater und senkte unwillkürlich die Stimme. Der silberne Hirsch konnte sich nicht zurückhalten und platzte dazwischen. „Frag nicht, Christopher, wie erschrocken wir alle waren. Davor hatten wir all die Jahre nie Probleme. Die Reise war eine wahre Vergnügungsreise, und die Bäume und ich hatten großen Spaß. Damals habe ich sie einfach oben an der Rampe verabschiedet, sie sind ins Tal gerutscht und wie es unten weiterging, weiß ich nicht. Jedenfalls herrschte immer Frühling, und es gab keinerlei Schwierigkeiten. Einen Alten von unten am Berg kannte ich bis dahin auch nicht. Erst in diesem Jahr wusste ich plötzlich, dass ich deinen Großvater mitnehmen muss. Ich hatte keine Ahnung, warum. Und dann taucht plötzlich dieser Kerl mit seiner Peitsche auf…" Der Hirsch schüttelte sich empört. „Aber die Weihnachtsbäume hatten große Kraft damals, Carasmos war noch jung und konnte leicht überlistet werden."

„Wie hast du ihn denn überwunden?" fragte Christopher neugierig und sah seinen Großvater erwartungsvoll an. Der zwinkerte ihm zu. „Gedichte, mein Junge, Weihnachtsgedichte. Allerdings war das mehr ein Zufall: Ich habe immer schon Gedichte aufgesagt, wenn ich aufgeregt war oder Angst hatte. Und das erste, was mir eben in den Kopf kam, war ein Weihnachtsgedicht. Als Carasmos auf die Rampe zustürzte und den ersten

Baum mit seiner Peitsche vor meinen Augen fortreißen wollte, fiel mir nichts anderes ein als ‚Es treibt der Wind im Winterwalde…' von Rainer Maria Rilke. Das habe ich aufgesagt, ziemlich hektisch und ziemlich laut. Ich wollte Zeit gewinnen, um zu überlegen. Schließlich hatte ich keine Waffe dabei, und dieser Kerl sah sehr gefährlich aus – auch wenn er damals noch lange nicht so groß war. Carasmos sah mich ziemlich verblüfft an. Er hatte mich noch gar nicht bemerkt. ‚Was willst du denn, Menschlein?' blaffte er gereizt und kam drohend auf mich zu. ‚Halt du dich mal schön raus!'

„..und manche Tanne ahnt, wie balde sie fromm und lichterheilig wird…', stotterte ich weiter, und mein Herz schlug wie wild. Der Tannenbaum machte sich in der Zwischenzeit aus dem Staub und rutschte einfach weiter. Carasmos beachtete ihn gar nicht. Plötzlich sah er verunsichert aus. Er griff sich an den Hals und begann, zu würgen und zu husten. Ich redete eifrig weiter. Mittlerweile war ich bei „Knecht Ruprecht" angekommen von Theodor Storm. Bei ‚…allüberall auf den Tannenspitzen, sah ich goldene Lichtlein blitzen…' schrie Carasmos laut ‚NEINNN!' und rannte davon, die Hände auf die Ohren gepresst. Seine Peitsche nahm er allerdings mit – leider!

Damals hat er keinen einzigen Weihnachtsbaum erbeutet."

KAPITEL 21: DER GEHEIMNISVOLLE ZETTEL

„Was glaubst du, Opa, warum ist Carasmos so stark geworden?"

Der Großvater klopfte seine Pfeife aus und verstaute sie in seinem grünen Tabakbeutel, den er immer bei sich trug. Er ließ sich Zeit mit seiner Antwort.

„Ich glaube, der Grund dafür liegt in unserer Welt. Carasmos wird stärker, und gleichzeitig werden die Weihnachtsbäume immer schwächer."

„Weil sie nicht genug beachtet werden?" Der Großvater nickte. „Wenn wir nicht aufpassen, werden sie eines Tages alle verpflanzlichen. Dann reist keiner mehr von ihnen. Du siehst ja, wie mühsam sie sich bewegen. Früher war das ganz anders." Auf einmal musste der alte Mann lachen. „Wir hatten einmal eine Nachbarin, die liebte Weihnachtsbäume über alles. Jedes Jahr hatte sie ein kleines Bäumchen. Sie schmückte es, stellte es mitten auf ihren Esstisch und setzte sich oft stundenlang davor, um es anzuschauen. Weihnachtsbäume machten sie einfach glücklich."

„Ich erinnere mich", fiel ihm der silberne Hirsch ins Wort. „Diese kleinen Kerle strotzten nur so vor Energie. Kaum hatte die alte Frau sie ans Hoftor gestellt, rannten sie auch schon los. Sie waren nicht zu bremsen. Von ihnen hat Carasmos nie einen erwischt."

Mittlerweile begann es zu dämmern. Die Sonne war fast ganz untergegangen. Nur ein letzter roter Rand blitzte über die fernen Berge und färbte die Wolken darüber orangerot und golden. Der Anblick erinnerte Christopher an die Schlucht, durch die sie in diese Welt geschwebt waren. Wie würden sie wohl zurückreisen? Dann fiel ihm noch etwas ein, und er richtete sich ruckartig auf.

„Wo warst du eigentlich, Opa? Wieso bist du nicht von Anfang an mitgereist? Hat Carasmos dich irgendwo festgehalten?"

„Tja, also…", begann der Großvater und sah auf einmal ein wenig beschämt aus. Der silberne Hirsch stellte die Ohren auf und unterbrach sein Grasen erneut. „Ja, das würde ich auch gerne wissen. Wo warst du eigentlich?"

Der Großvater räusperte sich. Er trommelte ein wenig mit den Fingern auf die Bank. Dann gab er sich einen Ruck. „Es hilft ja nichts. Irgendwann muss ich es euch ja sagen: Ich war im Bett."

„Was?" riefen seine Zuhörer entgeistert. „Im Bett?" „Das gibt's ja wohl nicht", empörte sich der silberne Hirsch. „Unsereins kämpft sich durch Eis und Schnee und knickt sich noch das Geweih ab dabei, und du liegst gemütlich im Bett. Hast du noch schön gelesen dabei und ein paar Kekse gegessen?"

„So war es nicht. Wie jedes Jahr lag ich angezogen auf dem Bett und habe gewartet. Mein Rucksack mit den Gartenwerkzeugen stand gepackt neben der Tür. Aber die Stunden vergingen, und nichts passierte. Keine Hufe auf der Treppe, kein Kratzen an der Tür. Wer am Ende nicht kam, warst du."

„Also, da hört sich doch…" wollte der Hirsch sich empören, aber Christopher unterbrach ihn schnell.

„Psst, lass Opa weiterreden. Er macht dir doch keinen Vorwurf." Der Junge streichelte den Hals des aufgebrachten Tieres, und der Hirsch beruhigte sich ein bisschen, wenn auch nicht sehr. „Erzähl weiter, Opa!"

„Da lag ich also und konnte nicht verstehen, was vor sich ging. Schließlich beschloss ich, nachzusehen. Ich stand auf und ging ans Hoftor. Dort bekam ich einen furchtbaren Schreck. Mein Weihnachtsbaum, den ich morgens dorthin gestellt hatte, war weg! Ich konnte es gar nicht glauben. Die Weihnachtsbäume mussten ohne mich gereist sein. So schnell ich konnte rannte ich zu eurem Haus. Und tatsächlich: Auch euer Weihnachtsbaum stand nicht mehr da! Keine Spur weit und breit von einer Tanne oder dem silbernen Hirsch. Sie waren alle weg, und das ohne mich!"

Der Hirsch konnte es nicht länger aushalten. Er musste reden, sonst wäre er geplatzt. „Ich war ja bei dir. Aber da war alles dunkel. Sonst stand immer das Hoftor auf, und die Haustür auch. Auf der Treppe brannten Kerzen. Aber dieses Jahr? Keine einzige!"

„Kerzen?" fragte der Großvater verwirrt. „Ich habe nie…"

„Ja, und dann fand ich deine Nachricht",

schnaubte der Hirsch aufgeregt. „Diesen Zettel, der einfach so auf unserem Hof lag, halb verknüllt. ‚Wartet nicht auf mich. Nimm Christopher mit. Ich komme später.‘ Da bin ich eben gegangen.“

Der Großvater kratzte sich am Kopf. „Ich habe keinen Zettel geschrieben. Und als ich euch nicht finden konnte, bin ich eben zurück ins Bett. Ich dachte mir, ich werde abgelöst oder so, weil ich vielleicht zu alt bin. Schlafen konnte ich nicht. Tausend Gedanken gingen mir durch den Kopf. Ich lag da, bis die Dämmerung grau durch die Fenster fiel. Dann stand ich auf und ging hinaus in den Garten, um eine Pfeife zu rauchen. Ich setzte mich auf die grüne Bank neben dem Gartenteich. Ich muss wohl eingenickt sein, denn als ich wieder aufwachte, saß ich hier.“

Eine Zeitlang schwiegen alle nachdenklich. „Opa, meinst du ich bin wirklich so eine Art Verstärkung?“ wollte Christopher schließlich wissen. Er selbst kam sich gar nicht so vor.

„Ich glaube schon. Die Reise wurde Jahr für Jahr beschwerlicher. Am Ende war sie eine Qual: Wir verloren einfach zu viele Bäume. Zwar schafften wir es immer, durchzukommen, aber es war ein harter Kampf. Carasmos stand riesenhaft und breitbeinig neben der Rampe und riss einen Baum nach dem anderen weg. Ich schrie meine Gedichte in den tosenden Wind, aber es beeindruckte ihn kaum noch, im Gegenteil, er lachte nur."

„Ja, Christopher hat ihm gehörig eingeheizt", meldete sich Barny zu Wort. Er hatte ein gemütliches Nickerchen gemacht und war gerade aufgewacht. Nun war er voller Tatendrang und wollte gerne Gassi gehen. „Können wir jetzt vielleicht die Weihnachtsbäume einpflanzen gehen? Oder wollen wir die ganze Nacht hier sitzen?"

Christopher sprang auf. Die Weihnachtsbäume! Die hatten sie völlig vergessen. „Opa, du wartest hier auf uns. Barny und ich holen die Weihnachtsbäume. Die stehen alle noch unten an der Schanze." „Moment mal, nicht ohne mich", ließ der silberne Hirsch verlauten. „Ich übergebe die Bäume an den Alten von unten am Berg, das ist schließlich mein Job."

KAPITEL 22: EIN KUNSTWERK AUS WAS-
SER

Der Rückweg zur Schanze dauerte nicht allzu lange. Christopher ritt auf Barny, während der silberne Hirsch nebenher trabte. Das Tier redete unaufhörlich von dem geheimnisvollen Zettel, der ihn scheinbar nicht losließ. „Ich möchte wissen, wer den geschrieben hat. Und warum lag er auf dem Hof? Vielleicht weiß noch jemand von unserer Reise?" Christopher war das alles egal. Er war jetzt so müde, dass er auf Barnys zotteligem Rücken fast eingeschlafen wäre. Er war sehr froh, als sie endlich die wartenden Weihnachtsbäume vor sich sahen. Diese schienen sich keine großen Sorgen gemacht zu haben. Sie standen friedlich beieinander und knarrten und rauschten leise. Als sie die kleine Gruppe entdeckten, kam jedoch Leben in sie.

„Und?" fragten sie neugierig mit ihren knarzenden Stimmen. „Habt ihr den Alten gefunden? Und das Tal? Wie weit ist es noch?" Christopher berichtete kurz von ihrer Begegnung, verschob aber alle ausführlichen Erklärungen auf später. „Wir müssen zurück", drängte er. „Es wird schon bald dunkel."

Hinter sich hörte er ein lautes Platschen. Barny, der schon seit längerer Zeit großen Durst hatte, war erleichtert in den großen Teich am Fuß des Schanzenhügels gewatet. Dabei stellte er fest, dass das Wasser dort sehr flach war – flach genug, um sich keine Sorgen machen zu müssen. Begeistert ließ sich der Hund auf den Bauch fallen. Dann wälzte er sich sogar auf den Rücken. Das Wasser war fast warm, und ein kleines Bad konnte nichts schaden. Der silberne Hirsch betrachtete ihn kopfschüttelnd. Doch dann vergaß er für einen kurzen Augenblick seine Würde. Er war ebenfalls durstig, und wer wusste schon, wie lange ihre Reise noch dauern würde. Also stieg er auch in den Teich, wobei er allerdings die Hufe deutlich höher hob als notwendig – eine Gangart, die er für sehr elegant hielt. Barny wälzte sich immer noch grunzend hin und her. Mittlerweile war das ganze Wasser des Teichs in Bewegung. Die Wellen, die der große Hund auslöste, liefen schwappend auf den Rand des Teichs zu. Doch statt am Ufer auszulaufen, wie Wellen das eben tun, stieg das Wasser plötzlich sprudelnd und plätschernd hoch. Es sah aus, als träfe es auf eine unsichtbare, ringförmige Staumauer, die rund um den ganzen Teich lief. Erstaunt sah der silberne Hirsch dem Geschehen zu. In kurzer Zeit bildete sich ein kreisrunder Wall aus Wasser, der immer höher wuchs. Schließlich wurden auch Christopher und die Tannen auf die seltsame Erscheinung aufmerksam. Fasziniert beobachteten sie, wie sich der Wasserwall meterhoch auftürmte. Dann neigte er sich oben plötzlich nach innen.

„Pass auf, Barny!" rief Christopher, der nun Angst hatte, sein Hund könnte unter Tonnen von herabstürzendem Wasser begraben werden. Der silberne Hirsch wich erschrocken in die Mitte des Teichs zurück, wo sich Barny verwundert aufgesetzt hatte. Doch das Wasser stürzte nicht herab. Es bildete eine fließende Kuppel, hoch über den Köpfen der beiden Tiere, wie ein gläserner Dom. Staunend starrten die Tiere nach oben. „Christopher", bellte Barny, „komm auch rein. Das musst du dir ansehen!" Zögernd trat der Junge näher. Er berührte vorsichtig die fließende Wasserwand. Tatsächlich, er konnte einfach hindurchgreifen. Schließlich tat er einfach einen beherzten Sprung und landete auf der anderen Seite auf beiden Füßen. Es fühlte sich an wie die künstlichen Wasserfälle im Schwimmbad, nur in umgekehrter Richtung, denn das Wasser floss ja von unten nach oben. Andächtig sah er sich in dem durchsichtigen Wasser-Bauwerk um. Von außen hörte er gedämpft seinen Weihnachtsbaum rufen. „Christopher! Komm wieder heraus, wir wollen doch los. Christopher!"

„Er hat recht", sagte Christopher zu Barny und dem silbernen Hirsch. „Wir verlieren zu viel Zeit, und Opa wartet auf uns." Er drehte sich um und wollte gerade erneut durch die Wasserwand springen, diesmal mit Anlauf, als sich unter ihnen der Boden hob. Oder vielmehr, das Wasser unter ihnen hob sich! Es stieg und bog sich und hob sie hoch, bis der Junge und seine Tiere ganz von einer großen Kugel aus strömendem Wasser umschlossen waren. Jetzt hatte Barny genug von der Wasserkunst. Er fühlte sich eingesperrt, und das mochte er überhaupt nicht. „Sieht ja ganz schön aus, aber was soll das?", brummte er genervt. Dem silbernen Hirsch war auch nicht wohl zumute.

Ohne jede Vorwarnung hörte die Bewegung des Wassers auf. Von einem Moment auf den anderen schien es sich zu verfestigen und erstarrte. Christopher fasste vorsichtig an die Wand der Kugel. Tatsächlich! Jetzt fühlte sie sich überraschend kalt an und hart wie Glas. Wie sollten sie jetzt wieder hinauskommen? Während sie noch rätselten, hob sich die Kugel mit einem Ruck ein paar Meter in die Luft. Christopher und der silberne Hirsch verloren das Gleichgewicht und purzelten auf Barny. Die Weihnachtsbäume knarzten aufgeregt durcheinander. „Christopher, bleib hier!" rief Christophers Weihnachtsbaum, und eine leichte Panik lag in seiner Stimme. „Wir wissen den Weg doch gar nicht!"

Christopher rief zurück, so laut er konnte: „Immer den kleinen Pfad entlang. Der Alte von unten am Berg wartet dort auf euch!" Er legte eine Hand wie zum Abschied an die Wand der Kugel. War es ein Abschied? Begann so ihre Rückreise?

Die Kugel schwebte immer noch unbeweglich in der Luft. „So fühlt man sich also in einer Glaskugel am Tannenbaum", versuchte Barny zu scherzen. Unter ihnen formierten sich die Weihnachtsbäume in einer langen Reihe und zogen los. Christophers Weihnachtsbaum, der den Zug anführte, drehte sich immer wieder um. „Vielen Dank!" rief er traurig und „Machts gut!" Dann, als sei ein unhörbarer Startschuss erfolgt, sauste die Kugel plötzlich los. Sie wurde förmlich in den Himmel geschleudert, senkrecht nach oben, mit aberwitziger Geschwindigkeit.

Der große Teich blieb wie eine kleine Münze rasend schnell unter ihnen zurück. Danach war alles nur noch ein Wirrwarr von Farbe und Himmel. Christopher wurde schwindelig. Barny und der silberne Hirsch wirkten ebenfalls unsicher. „Wenigstens schlafe ich jetzt nicht einfach ein", witzelte der silberne Hirsch leicht gequält. „Diese Art der Rückreise ist doch deutlich spannender – vorausgesetzt, wir reisen zurück." Die Tiere drängten sich eng aneinander. Barny winselte leise. Die Kugel machte eine scharfe Kurve nach links, kurz darauf nach rechts. Zick, zack machte sie in immer schnellerer Folge, ein kurzes Stück hinauf, dann schräg nach rechts, scharf links und immer so fort. Es war, als durchliefen sie eine Murmelbahn in umgekehrter Richtung. Die drei Freunde wurden ordentlich durchgeschüttelt. Christopher verlor vollkommen die Orientierung. Alles drehte sich in seinem

Kopf. Am Ende wurde ihm schwarz vor Augen und dann, glücklicherweise, wurde er ohnmächtig.

Als der Junge aufwachte, war es kalt. Dämmriges Zwielicht umgab ihn. Der Boden unter ihm war hart. Er bewegte die rechte Hand und stieß an etwas Eckiges: einen Karton! Er bewegte die linke Hand und stieß erneut an etwas Eckiges: noch einen Karton! Er hob den Kopf, richtete sich auf und stieß an eine niedrige Decke. „Autsch!", entfuhr es ihm. „Mach doch nicht so einen Lärm", hörte er den silbernen Hirsch schimpfen, irgendwo neben sich, aber sehr gedämpft, als liege eine Wolldecke über seiner Schnauze. Vorsichtig ging Christopher wieder in die Hocke. Er trat auf etwas Weiches, und im nächsten Moment heulte Barny auf. Christopher musste auf seinen Schwanz getreten sein.

„Tut mir leid, Barny", flüsterte er. Gerade als ihm klar wurde, dass der Hund wieder auf seine normale Größe geschrumpft war, ging über ihm ein Deckenlicht an. Die Stimme seiner Mutter fragte verschlafen: „Christopher? Was machst du denn hier oben so früh am Morgen?"

KAPITEL 23: ZU HAUSE

Sie waren wieder zu Hause! Offensichtlich waren sie auf dem Dachboden gelandet, direkt unter der Dachschräge, hinten links, wo die Weihnachtskisten aufbewahrt wurden. „Äh ja…", stotterte Christopher und suchte verzweifelt nach einer Ausrede. „Ich wollte noch einmal ein Hirschabenteuer spielen, bevor die Ferien ganz vorbei sind. Ich konnte nicht schlafen", fügte er hinzu und tat so, als ob er herzhaft gähnen musste.

„Ein Hirschabenteuer?", äußerte seine Mutter leicht verwundert und wuschelte ihm durch die Haare. „Ich dachte, dafür bist du längst zu groß. Was macht eigentlich Barny hier? Der war doch gestern Abend noch nicht da?"

„Ich weiß auch nicht, wie er hergekommen ist",
antwortete Christopher, was ja fast der Wahrheit ent-
sprach. „Er ist in der Nacht aufgetaucht." Barny sprang
auf die Pfoten und drängte sich nach Hundeart begeistert
an Christophers Mutter. „Na, dann komm mal mit, du
Ausreißer", tätschelte sie ihn freundlich. „Wir zwei machen jetzt Frühstück. Wahrscheinlich kommt Opa sowieso gleich vorbei, mit Brötchen und Hefezopf. Christopher, räumst du noch auf, bevor du runterkommst?"
Christophers Mutter verließ den Dachboden, und Barny
folgte ihr schwanzwedelnd.

Christopher blieb allein zurück und sah sich um.
Da, wo er gelegen hatte, stand die Weihnachtskiste, in der
immer der silberne Hirsch verstaut wurde, zusammen mit
den weißen Vögeln. Die Kiste war geöffnet. Überall lag
das dünne Seidenpapier verstreut, in dem normalerweise
die Vögel eingewickelt waren. Unter einem Haufen roter
Bänder und Schleifen lugten die Beine des silbernen Hirsches hervor. Daneben lag auf einem Haufen gebrauch-
tem Geschenkpapier eine gläserne Kugel, die Christopher
noch nie gesehen hatte.

„Puh", stöhnte der Hirsch und kämpfte sich aus

dem Geschenkpapier heraus. „Ist das hart hier auf dem Boden. Mein Rücken ist schon ganz verkrampft." Christopher starrte ihn mit offenem Mund an. Aus seinem Hirsch war eine Hirschkuh geworden. Er musste unterwegs sein Geweih abgeworfen haben, wie echte Hirsche das ja jedes Jahr tun. Sein Kopf sah seltsam nackt aus ohne die imposanten Äste. Abgesehen davon war er wieder auf normale Größe geschrumpft.

„Was ist?" fragte das Tier, als es Christophers verstörten Blick bemerkte. Dann dämmerte dem Hirsch, was passiert sein musste. Sein Kopf fühlte sich so leicht an – viel zu leicht! Verschämt sprang er zurück unter die Bänder und Schleifen. „Pack mich ein!", rief er dumpf. „Pack mich sofort in Seidenpapier ein und hol mich erst nächstes Jahr wieder raus, wenn mein Geweih nachgewachsen ist!" Christopher suchte mehrere Bögen feines Papier zusammen und wickelte den Hirsch vorsichtig ein. Dabei bemühte er sich verzweifelt, nicht zu lachen, denn das hätte der Hirsch ihm niemals verziehen. Als er fertig war, fühlte sich der Hirsch an wie ein gewöhnlicher Dekorationsgegenstand. „Hörst du mich noch?", flüsterte Christopher. Aber das Tier gab keine Antwort mehr.

Der Junge wurde traurig. Alles ging so schnell. Er hatte sich nicht einmal richtig verabschieden können. Niedergeschlagen sammelte Christopher die restlichen Papiere und Bänder zusammen. Die weißen Vögel waren nirgendwo zu sehen. Wie sollte er das seiner Mutter erklären? Er beschloss, sich darüber erst kurz vor dem nächsten Weihnachtsfest Gedanken zu machen. Die Tiere würden bestimmt in der Zwischenzeit zurückkehren.

Beim Aufräumen fiel sein Blick auf die gläserne Kugel. Darin waren sie wohl zurückgereist. Vorsichtig hob der Junge das durchsichtige Kunstwerk hoch und hätte es fast sofort wieder fallen lassen. Die Kugel war gar nicht aus Glas, sondern aus hauchdünnem Eis! Schon hatten seine Fingerspitzen Löcher hinein geschmolzen. Erschrocken wollte Christopher das zarte Gebilde nach unten tragen, um es ins Eisfach zu legen. Zu spät! Die Kugel schmolz einfach in seiner Handfläche, noch ehe er die Treppe erreicht hatte. Zurück blieb nur eine kleine Pfütze Schmelzwasser, die zwischen seinen Fingern hindurch auf den Boden tropfte. Das war zu viel für den Jungen. Fluchtartig verließ er den Dachboden und rannte die Treppen nach unten, wo es schon nach Kakao und Brötchen roch.

Jahre später war er froh über diesen plötzlichen Abschied aus der Welt der Weihnachtsbäume und all ihren Wundern. Es war nicht einfach, ein so großes Abenteuer zu erleben und danach in der Welt der Menschen als gewöhnlicher Junge weiter zu machen, der in der nächsten Mathearbeit mit Glück eine Drei schreiben würde.

Mehrfach versuchte er zwar, auf dem Dachboden mit dem silbernen Hirsch zu sprechen. Doch dieser blieb stumm wie ein Fisch, selbst als sein Geweih längst nachgewachsen war und er im nächsten Advent wieder auf der Fensterbank stand. Die weißen Vögel kehrten irgendwann in der Zwischenzeit in ihre Kisten zurück. Aber auch ihnen konnte niemand ansehen, dass sie in der Dreikönigsnacht lebendig gewesen waren. Selbst Barny gab durch nichts zu erkennen, dass mehr als ein gewöhnlicher Hund in ihm steckte. Wenn Christopher in heimlich anstupste und „Sag doch was!" flüsterte, wedelte das Tier nur begeistert wie jeder x-beliebige andere Hund auf der Welt. Irgendwann gab Christopher es auf.

Die größte Enttäuschung bereitete ihm jedoch sein Großvater. Der alte Mann kam direkt am Morgen nach Christophers Rückkehr mit Hefezopf und frischen Brötchen zu Besuch. Als Christopher ihn aber, während seine Mutter gerade in der Küche Kakao kochte, verschwörerisch beiseite zog und fragte: „Und, wie geht es meinem Weihnachtsbaum?", legte der Großvater nur den Zeigefinger auf die Lippen und schüttelte schweigend den Kopf. Er sprach nicht über seine Erlebnisse als „Alter von unten am Berg", an diesem Tag nicht und niemals danach. Anscheinend durfte er das in der Welt der Menschen nicht. Den geheimnisvollen Zettel fand Christopher später am Vormittag im Büro seines Vaters auf dem Tisch. „Ach so, den hat Mama geschrieben", erklärte ihm sein Vater zerstreut. Er machte gerade die Steuererklärung und war sehr beschäftigt. „Ich sollte nicht auf sie warten, sondern dich mitnehmen zum Naturschutzzentrum. Gestern, weißt du nicht mehr? Ist mir wohl aus der Tasche gefallen; er lag im Hof auf dem Boden."

Im Lauf der Jahre begann Christopher seine Reise mit den Weihnachtsbäumen zu vergessen. Mehr und mehr verschwamm sie in seiner Erinnerung mit den Geschichten, die sein Großvater ihm von dem silbernen Hirsch erzählt hatte.

KAPITEL 24: EINE SAGENHAFTE ÜBERRASCHUNG

Zehn Jahre später starb der Großvater nach kurzer Krankheit, mit über neunzig Jahren. Nach der Beerdigung auf dem verschneiten Friedhof kehrten alle durchgefroren ins Haus des alten Mannes zurück. Es war der sechste Januar, der Dreikönigstag. Am nächsten Tag würden die Tannenbäume abgeholt werden. Auch der Baum des Großvaters war abgeschmückt und stand wartend am Hoftor. Christopher, der nun fast erwachsen war, hatte ihn selbst hinausgetragen. An die Reise der Weihnachtsbäume glaubte er schon lange nicht mehr.

Während seine Verwandten in dem großen

Wohnzimmer bei Kaffee und Kuchen zusammensaßen und gedämpft mit traurigen Stimmen Erinnerungen austauschten, wanderte Christopher langsam durch die anderen Räume. Er vermisste den alten Mann sehr. Oben, in der gemütlichen kleinen Bibliothek unter dem Dach, stieß er auf Barny. Der alte Hund war grau um die Schnauze geworden. Spaziergänge fielen ihm schwer. Trotzdem bestand er darauf, in der Bibliothek zu liegen, auch wenn er sich dafür drei Treppen hinaufschleppen musste. Er hatte es sich auf seiner Weihnachtsdecke gemütlich gemacht, einem dicken roten Teppich mit Rentieren und Sternen, die der Großvater immer am ersten Advent für seinen Hund ausgepackt hatte.

„Na, Barny?" sprach Christopher das alte Tier an und beugte sich hinunter, um ihm den großen Kopf zu tätscheln. „Willst du nicht lieber runterkommen und ein paar Leckerli naschen?" „Die kannst du mir genauso gut nach oben bringen", antwortete der der zottelige Hund fröhlich. Christopher fuhr überrascht zurück. „Nana, wer wird sich denn gleich erschrecken!", äußerte Barny belustigt und klopfte begeistert mit dem Schwanz auf den Boden. Christopher ging in die Hocke und umarmte seinen alten Freund stürmisch. Tausend Bilder schossen durch seinen Kopf, die er all die Jahre in den hintersten Winkel seiner Erinnerung geschoben hatte. „Barny! Du sprichst wieder! Dann ist also doch alles wahr!"

„Natürlich ist es wahr, was dachtest du denn?" Der große Hund war empört. „Nur weil man zehn Jährchen nicht wie ein Wasserfall redet, ist doch nicht gleich alles erfunden oder geträumt." In Christopher keimte eine wilde Hoffnung auf. Er sah den Großvater vor sich, wie er damals auf der grünen Bank gesessen hatte, mit seiner blauen Strickjacke, die Pfeife in der Hand. „Ist Opa unten am Berg?" fragte er Barny erwartungsvoll. Doch insgeheim ahnte er die Antwort schon. Barny ließ die Ohren hängen und legte Christopher mitfühlend seine dicke Pfote auf den Arm. „Nein, natürlich nicht. Nur Weihnachtsbäume reisen dorthin, und lebendige Menschen aus unserer Welt, die sie begleiten."

Christopher nickte nachdenklich. „Wer es wohl dieses Jahr sein wird? Sie müssen sich heute Nacht auf den Weg machen. Jetzt, wo Opa nicht mehr ist, muss es ja jemand Neues geben." „Genau", pflichtete Barny ihm bei und stellte die Ohren wieder auf. Er sah Christopher erwartungsvoll an. „Was ist?" fragte dieser begriffsstutzig.

Der Hund seufzte und rollte mit den Augen. „Mensch, Christopher, du hast immer noch eine lange Leitung. Also, wenn ich du wäre, würde ich mir warme Sachen bereitlegen und ein paar Müsliriegel einpacken. Vielleicht kannst du noch ein paar Weihnachtslieder wiederholen und zur Not auch ein paar Gedichte auffrischen. Man weiß nie, was man brauchen wird."

Da verstand Christopher ihn endlich. „Du meinst …ich bin der neue Alte von unten am Berg?" rief er begeistert. Aufgeregt lief er auf und ab. „Okay, dann packe ich meinen Rucksack. Vielleicht sollte ich Gartenwerkzeuge mitnehmen. Und für dich brauchen wir Leckerli und vielleicht…"

Mitten im Satz sah er zweifelnd auf Barny, wie er da grau und müde auf seiner Decke neben der Heizung lag und sich die alten Knochen wärmte. „Wird das denn nicht zu viel für dich?"

„Ich komme nicht mit", wehrte der große Hund eilig ab. „Ich war sowieso nicht mehr dabei seit unserer gemeinsamen Reise damals. Jetzt bin ich viel zu alt, auch wenn ich zu gerne sehen würde, wer auf Carasmos nachgefolgt ist."

Carasmos… Christopher zögerte kurz. Den hatte

er ganz vergessen. Die Reise der Weihnachtsbäume war ein schönes Abenteuer, natürlich. Aber vielleicht mussten sie auch Gefahren bestehen. Wie stand es wohl im Land der Weihnachtsbäume? War die Kälte wieder stärker geworden? Gab es einen neuen Bösewicht? Am Ende schüttelte er diese Gedanken einfach ab. „Das letzte Mal wusste ich auch nicht, was auf mich zukommt", ermahnte er sich selbst, „und wir haben es trotzdem geschafft."

Später in der Nacht konnte er nicht schlafen. Er lag vollständig angezogen auf seinem alten Bett im Haus seiner Eltern. Der Mond schien silbern durchs Fenster und tauchte die Umrisse der Möbel in ein geheimnisvolles Licht. Plötzlich klopfte es leise an seinem Fenster. Christopher schwang sich aus dem Bett und öffnete vorsichtig einen Fensterflügel. Ein kleiner weißer Vogel saß da, sah ihn forschend an und legte den Kopf schief. Er sah aus, als sei er frisch vom Weihnachtsbaum weggeflogen und lebendig geworden. Christopher ließ ihn auf seine Hand hüpfen. „Kommst du mich holen?", fragte er das weiße Tierchen und pustete leicht auf seine Federn.

„Kannst du deine Streicheleinheiten vielleicht auf später verschieben?", rief ihm eine ungeduldige, lang vermisste Stimme unten aus dem Garten zu. Da, am Zaun, unter den alten Bäumen, die schon verheißungsvoll zu knarzen begonnen hatten, leuchtete es silbern. Da stand der silberne Hirsch, mit neuem, prachtvollem Geweih, zwei Grashalme seitlich im Maul. Hinter ihm hatten sich die diesjährigen Weihnachtsbäume versammelt, die bereit waren für ihr großes Abenteuer.

Christopher wurde es warm ums Herz. „Ich komme!", rief er froh in den Garten hinunter. Er ließ den weißen Vogel fliegen und schloss das Fenster. Dann eilte er, so leise er konnte, die Treppe hinunter. Er schnappte sich seinen sorgfältig gepackten Rucksack und schlüpfte durch die hintere Tür ins Freie. „Ich komme!", rief er noch einmal und lief durch den frischen Schnee auf seine Freunde zu. Die Reise der Weihnachtsbäume konnte beginnen.

Printed in Poland
by Amazon Fulfillment
Poland Sp. z o.o., Wrocław

62713748R00094